「おまえ、も……俺の、咥えたまま……イケよ……」
「んぅんっ……！」

（本文より抜粋）

DARIA BUNKO

あやかし艶譚

辻内弥里

ILLUSTRATION minato.Bob

ILLUSTRATION

minato.Bob

CONTENTS

この作品はフィクションです。
実在の人物・団体・事件などに一切関係ありません。

あやかし艶譚

一

はらりと舞い落ちた桜のひとひらを、分厚いブーツの底がぬかるみへと踏みしだく。

散る花を踏みつけていったのは、揃《そろ》いの制服に身を包んだ若い男達だ。

燕尾服《えんびふく》に似たジャケットに細身のズボン、その姿は貴族の夜会服のようにも見える。しかし膝下《ひざした》まで覆う革靴は厳めしく、侍《さむらい》が刀を捨てて数十年経つこのご時世に、大振りのサーベルを腰のベルトに繋《つな》いでいる。

その出で立ちはいっそ軍服。武装である。

武器を提《さ》げた五人の青年達は、桜並木の下を『敵』の影求めてひた走っていた。

晩春の夜、宵よりは深夜に近い時刻である。

闇に浮かぶ満月は、輪郭が滲《にじ》む朧月《おぼろづき》。時折、はぐれた雲が金色の光を遮《さえぎ》る。

昼間、この帝都には雨が降った。

半世紀ほど前、御門《みかど》が西の京から東のここ、帝都に遷《うつ》り、世の全てが改まった。

すっかり平和に慣れた都では、春の花見は重要な娯楽だ。大粒の雨に落とされてしまった蕾《つぼみ》もあるが、咲《さ》き初《そ》めた上野《うえの》の桜は見頃の一歩手前。夜桜見物と洒落《しゃれ》込む好き者が、ともすると出歩いているかもしれない。

「まずいな」

思案を巡らし舌打ちを漏らしたのは、先頭を走る少年――いや、少年の幼さを面差しに残す青年だった。頭頂でひとまとめにした長く艶やかな黒髪が、駆けるに合わせて左右に揺れる。筆で描いたような綺麗な眉《まゆ》と、眦《まなじり》が吊り上がった黒目がちで大きな眼《まなこ》。紅を差さずとも赤い小振りの唇《くちびる》は、厳しく一文字に引き結ばれている。

身なりを整えれば美少女にも見紛うだろう彼は、青年達の中で最も年若く、身長も頭一つ分低い。しかし立場は、この武装した部隊の隊長職にある。

名を、桂城真紘《かつらぎまひろ》といった。

「羽鳥《はとり》！」

「はっ！」

前を見据えたまま、真紘が部下を呼ぶ。

鋭く飛んだ上官の声に、すぐ後ろを走る屈強な青年が答えた。

「花見客がまだいるかもしれない。先行しろ」

「了解しました！」

羽鳥が俊足で真紘を追い抜いていく。

その時、前方で絹を裂くような悲鳴が上がった。それを呑《の》み込むかのごとく、獣《けもの》が吠《ほ》えるような怒号が続く。

――先を越されたかっ！

どうやら予想が悪い方向に当たったらしい。逸《はや》る鼓動を抑えながら、真紘が腰に提げた刀の柄に手を掛ける。

「総員抜刀許可！　急げ！」

はっ！　と答えた部下達が一斉に速度を上げた。真紘も負けじとぬかるむ土を蹴る。

薄紅色の花並木を全速力で走り抜けると、月を映して静まり返る池の畔《ほとり》に、果たしてその白い〈獣〉はいた。

先行させた羽鳥は既にサーベルを構え、間合いを詰めようと獣を睨《にら》みつけている。到着した真紘達も次々に武器を抜き放ち、獣を円の形に取り囲んだ。

悲鳴の主である若い女は、案の定獣に捕らえられていた。

獣は失神した和装の女を後ろから抱き、その白い首筋に鼻息も荒くむしゃぶりついている。鋭い牙《きば》を柔らかな肉に突き立て、溢《あふ》れた鮮血を美酒のように啜《すす》っている。

少し離れたところで、中年の男が腰を抜かしてガタガタ震えていた。白いスーツ姿の男は女の連れだろう。驚愕《きょうがく》に目を見開くその男を背に庇《かば》い、真紘は隊の中で唯一の日本刀を構えた。

「あ、あれは一体……！」

「あれは夜叉《やしゃ》です」

恐怖で上擦《うわず》った男の声に、真紘は凛《りん》として答える。

夜叉、と呼んだ獣が、獲物から顔を上げた。自分を取り囲む、武器を手にした真紘達を敵と認めたのだろう。警戒心も露《あら》わに、雄叫《おたけ》びを上げて威嚇《いかく》してくる。

ぼさぼさに乱れた髪は白く、そして背中を覆うほどに長い。見開いた両目は暗闇の中で爛々《らんらん》と紅《あか》く輝き、唇は頬《ほほ》の半ばまで裂けている。女を抱く二本の腕に、直立する二本の脚。筋骨逞《たくま》しい体には襤褸《ぼろ》切《き》れを引っかけただけで、ほとんど裸体である。

その〈獣〉は人の形をしている。だが人とは異なるものだ。

古来より日の本の国に巣食い、その存在を闇に隠して人を食らい続けてきた異形のもの。都が京から帝都に遷ってもなお生き永らえ、夜に暗躍してきた人に仇為《あだな》す獣。

その名を、『夜叉』。

「我らは夜叉討伐隊。任務は夜叉の殲滅《せんめつ》。……総員、かかれ！」

真紘の合図に、隊員達が一斉に夜叉に斬りかかる。

夜叉はかぶりついていた餌を乱暴に投げ捨てると、髪を獅子《しし》の鬣《たてがみ》のように振り乱しながら、両腕を広げて真紘達へと襲いかかってきた。


――――夜叉。

そのバケモノは遙《はる》か昔、京に都が定められた頃から、人に紛れて生息していたという。

人に似るが人語を解さず、低く唸《うな》るように吠える。真っ白な髪と深紅の瞳が特徴で、雌雄とも腕力と俊敏性に長《た》け、大きく裂けた口には鋭い牙がある。活動時間は専《もっぱ》ら夜のため、夜行性であるとされている。

数百年の昔、時の朝廷はある貴族に夜叉討伐の勅命を下した。家の名は桂城。御一新《ごいっしん》後に新政府より与えられた爵位は子爵。帝都が都となった現在も、夜叉討伐を生業としている。

真紘はその桂城子爵家現当主の次男であり、十九歳にして攻撃部隊の隊長を務めている。

雨上がりの今宵、上野方面に夜叉が徘徊《はいかい》しているとの報《しら》せが入り、真紘達に出撃命令が下されたのである。


「はあァァッ！」

気合と共に振り下ろした真紘の一閃《いっせん》が、夜叉の胸を袈裟《けさ》懸《が》けに切り裂く。吹き出した血飛沫《ちしぶき》が真紘の顔を汚し、一瞬視界が奪われる。

「くっ……！」

即座に袖《そで》で拭い、刀を構え直す。

その間にも隊員達が次々とサーベルで斬りかかるが、夜叉は傷をものともせず、棍棒《こんぼう》のような腕で降り来《きた》る刃《やいば》を跳ね返す。

「ぐあっ！」

背後を狙《ねら》った隊員も、振り向きざまに殴り飛ばされた。

「無事かっ！」

背中から桜の幹に激突し、ずるずるとへたり込んだ隊員の傍《そば》には、女が首から血を流し倒れ伏していた。長くは放置しておけない。刀を握《にぎ》る手に力を込めると、真紘は強く地を蹴った。

「うおおおっ！」

さらに暴れる夜叉に、残りの隊員達が怯《ひる》まずサーベルで躍《おど》りかかる。突進した真紘は駆ける勢いのまま、刃で夜叉の胸を貫いた。

「ギィヤアアアアッ！」

切っ先が減《め》り込む筋肉と骨の硬さ。

悲鳴を上げて一瞬動きを止めた夜叉の心臓へと、両手で刀を押《お》し込む。

「夜叉は全てッ！　桂城が葬《ほうむ》るッ！」

気迫と共に、真紘の刃が夜叉の胸を貫通する。

縫い止めたその体目がけて、一斉にサーベルの刃が降り注いだ。


――ザシュッ！


致命傷を負い大の字に倒れた夜叉は、しばらく手足を痙攣《けいれん》させたのちに動かなくなった。

紅い瞳が灰色に濁ったのは絶命した証《あかし》だ。確認し、ようやく真紘達は剣を納めた。

真紘は隊員に付き添わせ、負傷した女と腰を抜かしていた男を病院に向かわせた。女の傷は思ったほど深くはなかったが、噛みつかれたせいか意識が朦朧《もうろう》としているようだった。

夜叉に殴り飛ばされた隊員は、鍛えているだけあって既に問題なく回復している。彼と、駆けつけてきた別働隊の隊員が、夜叉の体を持ち帰ることになった。討伐隊は夜叉を仕留めるだけではなく、その屍体《したい》を処分する役目も負っている。

「このまま本部に帰還しますか？」

残された二名のうち、先程先行させた羽鳥が尋ねる。

真紘を含めた攻撃部隊八名とは別に、夜叉の情報を収集し、攻撃部隊に指示を出す司令部隊五名がいる。その司令部隊を率いているのが討伐隊の総隊長である。本部では、その総隊長が真紘達を待っているはずだ。

夜叉討伐隊は、昔こそ勅命《ちょくめい》を戴《いただ》いた部隊であったものの、時代が下るにつれてその存在は公《おおやけ》から離れ規模も縮小し、現在は桂城家私設の自警団のようになっている。政府の中でもごく少数にしか知られておらず、一般人から見れば非合法の武装部隊にも間違われるほどだ。それゆえ、任務完了後は速やかな帰還が求められている。

真紘ももちろんその規則を了解していたが、今夜は暫《しば》しの思案ののち、首を横に振った。

「人が夜歩きをする季節だ。餌を求めて、夜叉も湧《わ》きやすいかもしれない。念のため、付近の見回りをしてからにする」

「では、どちらかが真紘様のお伴を」

「いや、いないことを確認するだけだ。のちほど、ここで合流を」

攻撃部隊では単独行動を禁止しているが、それは戦闘時のことだ。そして真紘は隊長である。ただの見回りということで部下達も納得し、それぞれ左右に散った。

真紘は戦闘で乱れた髪を後ろに払いながら、池に沿って歩きだす。

公園内であるここは瓦斯灯《ガスとう》の並ぶ大通りからは遠く、辺りは深い闇である。

夜を映す池の水面は、漣《さざなみ》も無く黒い鏡のようだ。見上げた桜並木は霞《かすみ》のようにうっすら月明かりに照らされて、風雅さとは無縁の真紘の目にも趣《おもむき》深く映る。

言葉通り、楽観に基づいての行動だった。夜叉は毎夜出没するわけではない。続けて現れる時もあれば、何週間も日が空くこともある。また、奴らは群れをつくらない。同じ獲物を狙う夜叉同士で、奪い合いの争いをすることもあった。

夜叉に理性や情は無いのだ。ただ暴力的な本能に突き動かされているだけの、犬畜生より野蛮な獣だ。

しばらく歩みを進めたが、夜叉はおろか人の気配すら無かった。問題無さそうだと結論付けた真紘は、元来た道を戻ることにした。

その、踵《きびす》を返した一瞬の隙《すき》だった。

「……っ！」

みしり、と枝の軋《きし》む音がした。

慌《あわ》てて振り仰ぐと同時に、体が横に飛んだ。

「うあっ……！」

反射的に受け身を取ったものの、まるで丸太で薙《な》ぎ払われたような重さと威力。ブーツの底で勢いを殺しながら着地して、素早く辺りを見回す。

探すまでもなく、自分を襲った相手は数メートル先で唸り声を上げていた。倍はあろうかという長身に、全身を覆う分厚い筋肉。そして何よりの証である紅玉《こうぎょく》の瞳と、雪のように真っ白な蓬髪《ほうはつ》。

「夜叉……っ！」

恐らく樹上に隠れていたのだろう。

すぐさま腰の刀に手を伸ばす。

「……くっ！」

しかしその瞬間、右半身に激痛が走った。先程吹き飛ばされた時にやられたらしい、右腕が痺《しび》れと痛みで動かない。

利《き》き手を負傷したのは失態だ。左手では左腰に提げた刀を抜くのが難しい。じりじりと間合いを詰めてくる夜叉を睨みつけながら、真紘は必死に対策を考える。

だがそんな僅《わず》かな猶予さえ、獲物を狙い定めた夜叉は許さなかった。

「ガアアアッ！」

咆哮《ほうこう》した夜叉が一目散に向かってくる。

――――速い！

身を横に転がして回避する。が、信じられない反射速度で夜叉が向きを変え、真紘の上へと飛びかかる。咄嗟《とっさ》に体を起こそうとするが、地に突いた腕が痛みで脱力し、仰向けに崩れたところを馬乗りにされた。

「ぐっ……！」

肩を押さえつけられ、鋭い牙が首筋に埋まる。

灼《や》けつくような痛み。溢れる鮮血。

「くそっ……！」

痛みを耐えて押し退《の》けようとするが、巨体はぴくりとも動かない。

真紘の血を啜りながら、夜叉が制服を力任せに引き破る。上着とシャツのボタンが諸共に弾《はじ》け飛び、晒《さら》された白い腹の肉に、夜叉は大口を開けて噛みついた。

「……っ！」

深い。牙が内臓にまで達した気がする。

血だけでなく中の肉までも食らおうと、夜叉が何度も腹にかぶりつく。

口から溢れた鮮血すら、美酒とばかりに息を荒げて舐《な》めしゃぶる。

（……うご、けない）

紅い瞳が〈ご馳走《ちそう》〉を見て、ニイッと笑った気がした。

（死ぬ、のか……？）

出血のせいか急激に体温が失われていく。体に力が入らない。指先一本動かせない。視界が端からどんどん黒で塗り潰《つぶ》され、痛みさえ最早感じない。

近づいてくる明確な死の予感。しかし生きたまま食われる恐怖より、真紘の心を怯えさせたのはここで潰《つい》えてしまうという無念だった。

自分にはまだやることがある。こんなところで死ぬわけにはいかない。

だって自分には、一生を賭けて忠義を尽くさなければならない大切な人が――。


『――僕の刀となっておくれ、真紘』

「あ、に……う、え……」

「伊吹《いぶき》！　おまえ、何してやがるっ！」

突然、怒号と共に伸《の》し掛かっていた体が吹っ飛んだ。

ギアアッという獣の悲鳴と、重い物がどさりと落ちる音。

気配に誘われ霞む目を凝らすと、そこに、鮮烈な雪白《せっぱく》が映った。

「…………」

格子のような枝の影と、ちらほらと咲く小さな花。

夜闇に滲む金色の朧月。

――それらを背にして、白く長い髪が微風に揺れていた。

――血の色よりも濃く艶やかな、深紅の瞳をもつ男が自分を見下ろしていた。


夜叉、だ。

身じろぎさえ出来ず、儚《はかな》い息を漏らしながらそれだけを理解する。

だがその新たな夜叉は、今まで見てきた多くのバケモノとどこかが違っていた。

そう、まるで――人間のように見える。

人で例えれば真紘より五つか六つ年上の、青年のような容姿だ。高い鼻梁《びりょう》と肉厚の唇。眦は甘く垂れ気味だが、顔立ちのはっきりとした精悍《せいかん》な美男子である。渋めの藍《あい》の着物に鈍色《にびいろ》の袴《はかま》を穿《は》いており、その大柄な体躯《たいく》は見てわかるほどに引き締まっている。

何故《なぜ》、新しく現れた夜叉を人間のように評してしまったのか。――それはきっとその表情が、

「哀しみ」という感情を湛《たた》えていたからだ。

（何で……？）

後から現れた夜叉が膝を突き、真紘を覗き込む。逆光の暗がりの中、男はまるで人間のように眉根を苦悩に寄せた。

「……ごめんな。俺の同胞《なかま》が、酷いことしちまって」

ぐっ、と涙を堪《こら》えるように顔を顰《しか》めた男が、立ち上がって振り返る。

彼が突き飛ばした――伊吹と呼ばれた夜叉が、怒りの形相で襲いかかってきていた。腰を落とした男はそれを正面で受け止め、うらぁっ！　と気合の掛け声と共に横に投げ倒す。

「おまえ、伊吹だろ。昔、おまえんとこの集落で世話になったよな。やっと捜し出したってのに、何で人間食い殺そうとしてんだよ⁉」

倒れてもなお、食事を邪魔された怒りで狂ったように暴れる伊吹を、男は力任せに押さえつける。両肩を掴《つか》み、言い募りながら激しく揺さぶる。

「ふざけんなよ！　こんな姿になっちまったら……狂っちまったらもう！　おまえのこと、どうにかしなきゃなんねえだろうが！」

必死に訴える男は切実そのものだ。だが伊吹は聞く耳すらもたず、男を敵と見なして薙ぎ払おうとする。

「……っ！」

ヒュッ、と空を切る刃のような爪。

寸でのところで後ろに跳んで避けた男は、再び「伊吹！」と拳《こぶし》を握って叫ぶ。

「伊吹！　頼む、元に戻ってくれ！　おまえのこと、殺したくない！」

切羽詰まった哀願に、しかし伊吹は答えない。

低い唸り声を撒《ま》き散らし、熊《くま》のように男に突進してくる。

「……くそっ。……くっそぉ！」

男が天を仰いで絶叫した。

伊吹が男に向かって跳ぶ。

その振りかぶった爪が届く前に、男の手が伊吹の太い首を捕まえた。

「ガッ……！　ッ……！」

宙吊りになった伊吹が足をばたつかせる。はち切れんばかりに血管の浮き上がった男の手が、伊吹の首をみるみる絞め上げていく。

「くそぉ……何でだよぉ！」

やがてもがいていた伊吹の体から力が抜け、がくりと首が折れた。

見開いた瞳の光が淡くなり、静かに消えていくのが夜目にもわかった。

「……ごめんな、助けられなくて」

息の根を完全に止めた伊吹の亡骸《なきがら》を、男はゆっくりと地面に下ろした。

横たえた亡骸に片膝を突き、掌《てのひら》で瞼《まぶた》を閉ざして、乱れた髪を整えるように撫《な》でてやる。それから真紘が取り落とした刀を拾い上げると、伊吹の髪を一房握って切り落とした。

「せめて、これだけでも持ち帰ってやるから。……許してくれ」

根元を結び一束ねにしたそれを、男は大切そうに袂《たもと》にしまう。

項垂《うなだ》れた男の表情を見ることは叶わない。だが彼の背中から感じるのは、紛れもない哀悼《あいとう》の意だ。獲物を奪い合う夜叉の争いでは見たことの無い、まるで、殺《あや》めてしまったことを深く後悔するような、哀しみの姿。

（こいつは夜叉……なのか？）

薄れていく意識と霞んでいく視界の中、真紘は不思議な感覚に捕らわれていた。

夜叉なのに、夜叉に見えない。同胞を殺したあの夜叉を、どうしてだか残忍だとは思えない。

やがて男はゆっくり振り返ると、重い足取りでまた真紘の傍《かたわ》らに歩み寄った。

「……死なないでくれよ。俺の同胞を、人殺しにさせたくないんだ」

浅い呼吸を繰り返す自分に、彼は跪《ひざまず》く。

差し入れた手で背中と後頭部を支え、掬《すく》うようにそっと上体を抱き上げた。

（……あ）

距離を無くすほど近づいた男の唇が、しっとりと自分のそれに重ねられた。

薄く開いた歯列の隙間から男の舌が忍び込み、口内をかき混ぜるように探る。深く合わさっ

た口の中へ、男の唾液《だえき》がゆっくりと注ぎ込まれていく。

「ん……」

口づけを受けながら感じたのは、えも言われぬ温かさだった。

口から喉《のど》を通り、体中に満ち満ちていく感覚。

血液と共に失われていた体温が、徐々に甦《よみがえ》っていく。動かせないでいた指先の感覚も少しずつ戻り、腹を食い破られた激痛はいつの間にか和らいでいた。

男は何度も角度を変えながら、濃厚な口づけを続ける。労《いたわ》るように後ろ髪を撫でてくれるのが心地良い。逞しい腕に抱かれ、与えられる穏やかな熱に身を浸していると、まるで親鳥の羽に包まれた雛《ひな》になったようだ。

「……感じるか？　おまえの中に、『俺』の精気が流れ込んでいくのを」

急に、低くて甘い声が、耳朶《じだ》を舐めるように囁《ささや》いた。

――ゾクリと背筋が痺れた。

それは、紛れもなく快感だった。

（気持ち、いい……）

まるで体の芯が蕩《とろ》けるような、生まれて初めて味わう酩酊感《めいていかん》に何も考えられなくなる。

重ねられる唇の濡れた感触に、真紘は、いつしかうっとりと目を閉じていた。

二

翌日。真紘が目を覚ましたのは、太陽が天頂を極めた頃だった。

夢現《ゆめうつつ》でぼんやり瞼を開くと、見慣れぬ白い天井が目に飛び込んできた。

傍には見知らぬ女——あとで知ったが看護師が控えていて、真紘が意識を回復したのを見てとると、すぐさま人を呼びに行った。

そして連れてこられた医師に、ここが帝都の総合病院の一室であること、負傷し気絶していた真紘は隊員達によりここへ運び込まれたことなど、今に至る状況の説明を受けた。

傷は夜のうちに手当てされていたらしく、浴衣《ゆかた》に包まれた体のあちこちに包帯が巻かれていた。噛まれた傷や打ち身の痛みはあるものの、内臓の損傷や骨折までは至っていないそうだ。

夜叉に食われかけたにしては、随分な軽傷だった。手術も必要が無く、経過が良ければ一週間も経たぬうちに退院出来るだろうと、診察した医師は告げた。

窓の外が茜色《あかねいろ》に染まり始めた時刻。

ベッドの上に身を起こした真紘は、ある人の見舞いを受けていた。

「血の海に倒れていた、と聞いたからね。肝《きも》を潰したのだけれど、存外元気で安心したよ」

ベッド脇の丸椅子に腰かけ、脚の間にステッキを突いた丸眼鏡の青年は、真紘に穏やかな声で語りかける。

糊《のり》の効《き》いたシャツにアイボリーのジャケットを着込み、ネクタイをきちんと締めた洋装の男は、背丈こそ高いが華奢《きゃしゃ》で、肌の色も血管が透けるばかりに青白い。瞳も髪も色が薄く、陽に当たると榛色《はしばみいろ》に見えるほどだ。

一見すると文学青年か書生にも見える彼は、名を桂城千早《ちはや》という。歳は二十九。桂城子爵家の長男にして実質現当主。つまり、真紘の兄である。

正式な当主である父は、病弱な母と共に地方の静養先に滞在しており、必要な時のみ帝都に戻る、という半ば隠居生活を送っている。そのため跡取りである千早は当主代行として、家のことに華族としてのつきあい、また夜叉討伐隊のことも一手に引き受け、執《と》り仕切っている。

昨夜も総隊長として、司令部で指揮を執っていた。

そんな多忙な兄が、真紘が目を覚ましたとの報せを受け取るやすぐに用事を切り上げ、車を飛ばして見舞いにやって来てくれたのだという。

「私が至らぬばかりに、兄上にはご心配をおかけしました。隊員達にも、迷惑を」

深々と頭を下げた真紘に、兄は小さく笑う。

「そうだね。真紘には真紘の判断があってのことだろうけれど、夜叉相手に単独行動はやはり危険だ。隊長として、反省すべき点は多いよ」

語り口こそ柔らかだが、きっぱりと非を打った物言いは、討伐隊総隊長としてのものだ。返す言葉も無い。真紘は自責の念で項垂れ、唇を噛み締める。

そんな真紘に、千早は早々に厳しい表情を引っ込めた。少し困ったように眉を八の字に寄せる微笑《ほほえ》みは、既に優しい兄としての顔だった。

「さて、お説教はこれだけにしようね。ゆっくり休むといい。ここのところ出撃が多くて忙しかったから、ちょうどいい休暇だ」

ぽんぽん、と幼子にでもするように、千早が真紘の頭を叩《たた》く。

「あ、兄上っ」

「おや、何かな？」

「……べ、別に何でもありません」

いつまでも子供扱いされる気恥ずかしさに顔が赤くなるが、悪びれもせず微笑まれては何も言えない。

柔弱で女々《めめ》しいと、貴族の年長者から馬鹿にされることも多いらしい。だが真紘にとって兄の慈愛は、何よりも心を落ち着かせるものだった。

「兄上こそ、お加減はいかがですか？　心なしか顔色が優れ《すぐ》ないように見えますが」

「怪我をした弟の心配をしていたからだよ。こうして無事な姿を見られたから、じきに血の気も戻る」

「……申し訳ありません」

恐縮して真紘が身を縮こませると、千早はふふっと声を出して笑った。

しかしその語尾が、噎《む》せるような咳《せき》にとって代わられる。

「大丈夫ですか！」

咳き込みだした千早に真紘は慌てて手を伸ばすが、千早は片手を上げてそれを押し止める。

傍らに控えていた白浪《しらなみ》という従僕に背をさすってもらい、やがて呼吸を整えた千早は、少し青褪《あおざ》めた困り眉で顔を上げた。

「悪いね真紘。もっと話を……けほっ、していたいのだけれど。帰って休ませてもらうよ」

「はい。一刻も早く体を治し、お傍に戻ります。……私は、兄上の刀ですから」

「うん。ありがとう、真紘」

自分の言葉一つではにかむように微笑んでくれる兄に、真紘の頬も自然と緩む。

長身の白浪に寄り添われながら、千早はステッキで体を支えて立ち上がった。

母親に似たのか、千早は生来病弱だ。加えて当主代行の務めに討伐隊の責務をも、彼はその双肩に担っている。歳を重ねるごとに彼が弱ってきていることは、誰の目にも明らかだった。

だが彼は、どの任務をも投げ捨てようとしない。長兄として、総隊長として堂々と、そして慈愛に満ちた振る舞いで真紘を導いてくれる。

――噛み締める度に、胸に、熱い火が灯る。

「ご足労を、おかけしました」

去っていく背中にもう一度頭を下げた真紘に、千早は片手を振って答える。大丈夫気にしないで、とでも言うように。

厳しくも、どこまでも優しい人。兄は、自分にとって家族である前に恩人だ。昨夜、死に直面した時も、思い浮かべたのは偏《ひとえ》に兄のことだった。

折に触れて真紘は感じ、そして確信する。自分が何故夜叉討伐隊に、ひいては桂城の家に身を置いているのか。――自分の命が今ここに存在しているのは、桂城千早への、唯一絶対の恩に報《むく》いるため。

（……それが、私が夜叉を葬り続ける理由）

噛み締めるように心の内で頷《うなず》く。

と、会釈《えしゃく》して扉を閉めようとしていた白浪が、先を行く千早に気づいてハッとした。

「千早様、階段はそちらではありません！　どうしていつも逆に向かわれるのですか⁉」

「え？　ああ、いけないいけない。こっちだったね」

「ですから、そちらではないですってば！」

開けっ放しの出入り口の前で、主従がまるで冗談のようなやりとりをしている。

敬愛する兄の唯一の欠点に、真紘はそっと頭を抱えた。

「……兄上、相変わらず方向音痴が治らないのですね」

■

病院中の灯りが消え、大半が寝静まった深夜。

仰向けでベッドに身を横たえながら、真紘はまんじりともせず暗い天井を睨みつけていた。

(……おかしい)

昨夜、自分は確かに夜叉に食い殺されかけた。最初の一撃で骨を痛めた感覚があったし、内臓に達した傷もあったと記憶している。

しかし看護師が包帯を替えてくれた時、検分した傷は思った以上に浅かった。中には既に塞《ふさ》がっているものさえあった。どう考えても回復が早過ぎるのだ。

訝《いぶか》りながら思い返していると、行き着くのはやはり三匹目の夜叉のことだ。

あれは、果たして本当に夜叉だったのだろうか。

もちろん、姿形は間違いなく夜叉だった。だが人の言葉を操って、二匹目の夜叉――伊吹に対して説得のようなものを試みる理性と知能があった。

それだけではない。防戦しながら見せた苦悩の表情や、涙が交じった悲痛な叫び。あんな、死者への悔恨《かいこん》と哀悼を表す夜叉など見たことが無い。自分達が討伐してきたバケモノとは違う、まるで人間のような感情をあの夜叉はもっていた。

(……それに、あれは)

敢《あ》えて思い出さないようにしていた光景——口づけの感触が唇に甦り、真紘の頬にカッと朱が差す。

(何なんだ、あれはっ!)

たかだか犬に口の中を舐められた程度のことだ。初心《うぶ》な生娘《きむすめ》ならいざ知らず、何を恥に思うかといえば——そんな口づけに感じてしまった、己のふしだらさにだ。

真紘は女を知らない。ましてや男など言うまでも無い。同年代の男より性欲は薄い方だろうし、何より、桂城の名に恥じぬよう品行方正・無欲であれと己を律している。

けれども、感じた刺激が何かわからないほど無垢《むく》でもない。瀕死《ひんし》の状態であったにも関わらず、背筋を這《は》い上がったのは間違いなく性的な興奮だった。

闇に滲む朧月を背に、紅玉のような瞳で見下ろしてくる白い獣。血の海に沈む自分を抱きかかえた腕の逞しさ、頬に吹きかかった熱い吐息、そして囁いた低い男の声。

『……感じるか？　おまえの中に、『俺』が流れ込んでいくのを』

唾液を絡めて口づけた唇の、押し入ってきた肉厚の舌の、柔らかさと濡れた感触。

ゆっくり深められていく口づけを受けながら、確かに体が温まっていくのを感じた。失血と共に体温まで失われていた体に、不思議と熱と力が戻った。それどころか、何度も与えられる口内への愛撫《あいぶ》に、味わったことの無い快感を——。

「違うっ！」

思わず声に出してしまい、羞恥心《しゅうちしん》がなお一層燃え上がる。

枕に顔を突っ伏し、頑是《がんぜ》無《な》い子供のように唸った。

（……だが、あの時だ）

傷が回復したとしたら、あの時を措《お》いて他にない。

（しかし、どうやって……？）

寝乱れた髪をかき上げながら仰向けに姿勢を直す。

再び悩みの渦《うず》に巻き込まれそうになった真紘は、困惑に顔を顰めた。


——その答えは、意外なところからやってきた。


不意に、空気が動いた気がした。

気がした、ではない。鼻先を確かに微風がくすぐった。

全身に緊張が走る。視線だけ動かして、右手の先、閉めてあるはずの窓へと視線を転じる。

腰の高さから天井近くまで届く大きな窓は、案の定、観音開きに開け放たれていた。

そして、影があった。

皓々《こうこう》と輝く月明かりが、桟《さん》に足を掛けた男の影を床に長く伸ばしている。

男は室内を見回し、こちらの視線に気づくと一瞬驚き動きを止めた。しかしすぐさま口角を吊り上げて不敵な笑みをつくると、部屋の中へと飛び降りた。

「眠らずに待っててくれるなんて、存外歓迎されてるじゃねえか」

男が言い終わるより先に、布団を投げ飛ばし跳ね起きる。

武装のまま病院に担ぎ込まれたのが幸いした。念のためにと枕元に置いておいた刀を抜き放つと、ベッドを蹴って一直線、人語を操るあの夜叉目がけて宙を跳んだ。

「何しやがる！」

振り下ろした刃を動物的な素早さで避け、すかさず真紘の後ろに回り込んだ夜叉が人の言葉で吠えた。振り向きざまに薙ぎ払った第二撃も、寸でのところでかわされる。

「夜叉は斬る！」

「即答の意味が全くわからねえ！」

人間の、それも下町の若い男のような粗雑な物言いだ。

真紘はますます頭に血が上り、常になく悪態を吐いた。

「夜叉の分際で人間を真似るとは、この畜生が！」

続けざまに斬撃《ざんげき》を放つ。背を反らして避けた夜叉は体勢が崩れたのを逆に利用し、下段の回し蹴りで脚を狙ってきた。

「くっ！」

直撃は避けたもののたたらを踏む。が、後ろにはベッド。うわっ、と布団の上へ仰向けに倒れたところに、夜叉がすかさず覆い被さってきた。

「捕まえた、ってな！」

腹に一発、拳が埋まる。

「っ……！」

呼吸が止まった隙に手首に手刀を叩き込まれ、取り落とした刀を夜叉は部屋の隅へと蹴り飛ばした。

「ギラギラ敵意剥《む》き出しにしやがって。女みてえなツラのくせに、鬼っ子かよ」

ベッドに押し倒された格好から抜け出そうと暴れるが、両手を頭上でひとまとめにされ、体重を掛けられては動けない。体格差と包帯を巻いた腕の痛みもあって、抵抗の術《すべ》を封じられてしまう。

「く、そっ……！」

「なあ、話聞いてくれよ。正面から訪ねてこなくて悪かったけどさ、こっちにも事情があるんだ。もう殴ったりしねえから、なあって」

鼻先が触れるほど、夜叉が顔を近づけてくる。

夜叉と戦うことには慣れているが、これほどの至近距離にまで迫られたのは初めてだ。感じてしまった恐怖を跳ね返そうと、睨みつける視線を余計にきつくする。

「ふざけるなっ！　夜叉と交わす言葉など無いっ！」

噛みつく勢いの自分に、夜叉はやれやれといった風情《ふぜい》で重いため息を漏らした。

「夜叉討伐隊、だっけか？　じいさんが言ってた通り物騒な連中だ。長らく穏健だったのに、最近じゃまた、俺の同胞を害獣みたいに狩ってるそうじゃねえか」

「人を食い殺す貴様らが、害獣以外の何だというんだ！」

「……それは、狂った奴らだ」

すぐ目の前にある紅い眼が、突然スッと細められる。

輝石のようなその双眸《そうぼう》は、先刻までの不敵さが嘘《うそ》のように真剣そのものだった。凄《すご》みすら感じる視線で鋭く睨みつけられ、気炎を吐いていた真紘の口が思わず怯む。

「自分自身を亡くしちまった……もう、どうにもしてやれない奴らなんだよ。おまえらが殺してる、『夜叉』は」

腕を押さえつける手の力が、少し緩んだような気がした。

しかしその隙をついて逃げ出すことが出来なかった。苦々しく視線を逸《そ》らした夜叉の横顔に、昨夜と同じ、哀しみを見出してしまったからだ。

人を食うバケモノに、人のような感情があるはずは無い。なのに、目の前の夜叉はその前提を打ち崩す。交わす言葉など無いと吐き捨てたのに、実際、言葉で意思の疎通が出来てしまっている。

――一体、こいつは何者なんだ？

浮かんだ純粋な疑問が、いつの間にか、真紘から気勢を削《そ》ぎ落としていた。

「……貴様、私を殺しに来たのか？」

探る慎重さを、彼も感じたのだろう。見定めるように一度目を合わせ、先程まで放っていた殺気が薄れているのを見て取ったらしい。

「違う、どうしても尋ねたいことがあって来た。こんな方法で忍び込んで、すまなかった」

伸し掛かったままだが、頭《こうべ》を垂れたのは礼を失したことを詫《わ》びる動作だ。

人間と変わらない。夜叉なのに、人間にしか見えない。

真紘は大きく息を吐く。納得出来ないままでは斬り捨てることも出来ないと、真実への探求心が警戒心に勝った。

「……手短に話せ。聞き終わったら斬る」

「ははっ、おっかねえ」

態度を変えたことで夜叉はあっさりと手を離し、上体を起こした。下半身を跨《また》いだままなのは、また暴れても制するつもりだからだろう。不用意なのか慎重なのか、それとも自身の力に自信があってのことか。

「俺は朱月《あかつき》。夜叉を束ねる家の者だ。若頭目《わかとうもく》って、同胞からは呼ばれてる」

「家……？」

夜叉が人間の家系のような話をしている不自然さに、真紘は首を傾《かし》げる。

朱月と名乗ったその夜叉は、気にせず先を続けた。

「おまえ、隊長らしいな。昨夜おまえを助けに来た仲間がそう呼んでるのを聞いた。……率直に訊《き》くぜ。俺の同胞がどこにいるか知らないか？」

「……は？」

「数年前からだ。この帝都で、同胞が何人も行方《ゆくえ》知れずになってる。夜叉の中にはまだ人間に交じって暮らしてる奴もいるし、集落を出て都会で働こうって変わり種もいる。で、そいつらの何人かと、連絡が取れなくなってるんだ」

真紘は目を白黒させる。

朱月の話していることの意味が、全くわからない。

「俺は、そいつらを捜すために故郷から出てきた。夜叉を追ってるっていうおまえらなら、何か少しでもいい、情報を知らないか？」

「……まるで、夜叉が人間のような生活を営んでいるかの言い草だな」

「そりゃそうだろ、夜叉だって普通に生きてるんだから」

「貴様らの普通は人間を死体に変えることだろうが！」

「馬鹿言うな！　そりゃ夜叉にとって人間の精気ってのはこの上ないご馳走だ。けどな、もし貰《もら》うにしても同意の上でとか、相手の体力考えてとか、争い起こさないように気ィ遣ってんだよこっちだって！」

朱月が語気を荒げて喚《わめ》いているが、最早耳を素通りだ。

少し聞いてやる気になったが、あまりにもでたらめが過ぎて耳を貸せない。だいたい、夜叉と話をしていること自体がおかしい。

「貴様、本当に夜叉なのか？」

「おうよ！　純粋生粋最高の血筋の、夜叉の若頭目様だ！」

「よろしい。討伐を開始する」

「わ、こら！　刀取りに行こうとするな！」

油断を突いて抜け出そうとしたのを、寸でのところで捕まえられる。

揉《も》み合った挙げ句にまた押し倒され、先刻と同じようにまとめた手をベッドに押しつけられたが、今度は足で腹を蹴ってやった。ぐっ、と苦悶《くもん》の表情を浮かべた朱月が、天井に向かって吠えた。

「あーもう、あったまキた！　何だよこの気の短過ぎる馬鹿は！」

「ば、馬鹿とは何だ貴様！　私は由緒正しい桂城家の次男、桂城真紘だ！　貴様ごとき畜生に罵《ののし》られる覚えは無いっ！」

「あ、そう。真紘ね、ま・ひ・ろ！　おまえが命の恩人を無下に出来るクソ野郎だってことは、よーっくわかった。……行《ゆ》き掛《が》けの駄賃《だちん》だ。昨夜の精気、返してもらうぜ」

「精気とはな……」

何だ、と問いかけた言葉は朱月に呑み込まれた。

――口を塞がれた。彼の、唇で。

「んっ……んーっ！」

暴れても、今度はビクともしない。

唾液を纏《まと》った舌先が歯列の間から侵入してくる。噛んでやろうと気色《けしき》ばんだ途端、狙い定めたように脇腹を撫でられた。ビクンッと反応してしまった隙に口づけは深まり、口内を舌でまさぐられると急に目眩《めまい》がした。

（何、だ……これは……）

昨夜の状況に酷似していて、しかしまるで逆だった。

唾液を啜られるにつれて、体からどんどん抗《あらが》う力が抜けていってしまう。呼吸を奪われているせいだけではない。背中に根が生えたように体が重く、氷を当てられたように冷えていく。もがいていた手も足も、最早指先ですら動かせない。

なのに、ぐったりとした体は同時に別の感覚をも享受していた。どこか甘いような空恐ろしいような、昨夜口づけられた時にも感じたあの官能的な刺激を、味わってしまっている。

「……ふうん。昨夜も思ったけど、イイ顔するじゃねえか。存外、慣れてる口か？」

一度唇を離した彼が、ぬらりとぬめった口周りを、見せつけるように舐め取った。

言葉と仕草で嬲《なぶ》られた恥辱《ちじょく》に、猛烈な怒りが込み上げる。

「な、慣れてるって、このっ……！」

食ってかかる怒声が、鋭い悲鳴に取って代わられた。

襟《えり》をはだけるように、分厚い掌が浴衣の中に忍び込んできた。脇腹をゆっくりと撫でる硬い皮膚《ひふ》の感触。まさぐられる体をぞくぞくと這い上がってくる波のような刺激に、全身が攣《つ》りそうなほど強張る。

「うっ……！」

足の爪先まで震えさせる、これは決して快感などではない。しかし苦痛でもない。

例えるならば痺れのようなむず痒《がゆ》さ。ぴりぴりと皮膚の下を這い、体の奥の柔らかな芯を苛《いじ》めてくる未知の感覚に攫《さら》われ、溺《おぼ》れてしまいそうだ。

「慣れてるわけじゃねえのにその反応……そそるなあ、おまえ」

顔を近づけた彼が、笑い交じりの声を耳朶に注いだ。

掌は焦《じ》らすようにゆっくりと帯を解き、浴衣の前を開く。下衣も容易《たやす》く外されて、衣《ころも》は最早素肌の上で波打つだけの飾りとなった。腕を拘束され、脚を膝で押さえつけられた格好で、裸を晒す羞恥に全身が燃え上がる。

「傷も全然残ってなくて、よかったじゃねえか。俺のおかげだな。ん？」

緊張に硬くした体を、覆い被さる男の視線がねっとりと這い回る。

「誰の……っ！」

いつの間にか尖《とが》りきっていた胸の飾りを、彼が唇で食《は》んだ。

「ふっ！　……うっ……」

舌先で転がされると、震えがくるほどの快感に襲われ愕然とした。こんな小さな、普段意識したこともないような部位で、顔が赤くなるほど感じてしまう。歯を食いしばって声が漏れるのを我慢しても、眦に涙が浮かぶのは止められない。

「おいおい、これだけで腰砕けじゃねえか。……言い返すことも出来ないって？」

彼が鼻で嘲笑った通りだった。自身でさえ知らなかった悦楽の火が、あろうことか辱《はずかし》めに煽《あお》られて勢いを増し、正気を焼いていく。右の乳首ばかり責められているせいで、左が物足りず、切なくなってしまうほどだ。

「……ん、なの」

「アン？」

「こんなの……私じゃ、ない……っ！」

精一杯の抵抗で叫んだ自分に、彼が声を立てて笑った。

「精気を返してもらうだけのつもりだったのに……その気になりそうだ」

不意に、腕を押さえていた手が外された。

長いこと力を加えられていたせいで、腕が痺れて持ち上げられない。そもそも抵抗する気力自体、溶けて無くなってしまっている。

彼は両手を膝の裏に入れ、肩に担ぐように持ち上げた。

広げられた股間が彼の眼前に晒される。

恐ろしいことに、全く触れられていないはずの真紘自身が緩く勃《た》ち上がっていた。それを舌なめずりして見つめる彼の好色な視線が、真紘の濡れた瞳に映った。

「食われてみたいか？」

脳裏に、自分を食らおうとした白い獣が甦る。

本能的な恐怖に瞳が揺れたのを察したのだろう。そうじゃなくてさ、と朱月が柔らかく目を細める。

「俺ので、体の奥、刺し貫かれてみたいか？」

脚を抱えたまま、彼がぐいっと腰を進める。

裸の尻肉に彼の股間が押しつけられた。衣越しにも、そこが熱く硬くなっていることを思い知らされる。

「ぁ……」

――ぞくり、と。またあの痺れが脳髄《のうずい》を苛《さいな》んだ。

目の前でちかちかと火花が散る。熱い悪寒が背筋を駆け上がる。口の中に飲み込めないほど唾液が溢れて、半開きの端からつうっと一筋、透明な雫《しずく》がこぼれ落ちた。

そんな醜態を見下ろす彼が、はは、とまた低く笑った。

「いたぶられるのが気持ちいい、って顔にしか、見えねぇんだけどな」

顔を近づけた彼の唇が自分のそれを覆う。いやいやと顔を背けても追われ、顎《あご》を掴まれ固定され、ぬるりと侵入した舌を無理矢理受け入れさせられる。蜜壺《みつつぼ》のようになっている口内を彼はじっくりと味わい、舌に唾液を絡めて、それを舌ごと吸い上げた。

「力、抜ける感じするだろ？　昨夜は精気をやったけど、今は返してもらってるんだよ」

焦点を結ばないほど近過ぎる、彼のぼやけた顔。多分、面白そうに笑っている。

また唇を塞がれる。彼の言葉通り、力が吸い取られていくようだ。

「う、ふぅっ……んっ」

最早、やめろと声すら出せない。顔の両脇に投げ出した手も持ち上がらず、唇を顎から首筋に移した彼に、楽しそうに肌をねぶられるのをただ感じるだけだ。

彼が鎖骨の硬い膨《ふく》らみを唇で柔く食み、胸筋を舌先で辿《たど》って左の胸の頂をつつく。

「んぅっ……！」

色づいたところを口に覆われ、乳首を舌先で弄《いじ》られる。先刻放っておかれた側だ。歓喜に震えるその小さな突起は、肉厚の舌に弄《もてあそ》ばれてどんどん敏感になっていくようだ。

胸の先が甘く痺れるのを苦悶の表情で耐えながら、その実、じわじわと這い上がる快感を貪欲に味わおうとする自分がいる。

「や、やめろ、やだ、あっ……っ！」

不意に股間を握られた。直接的で強烈な刺激に腰が跳ねる。

口づけと胸への愛撫だけで、そこは硬さと熱を増していた。それを思い知らされるように、上下に揉みしだかれる。

「んくっ、ふ、うぁっ、あっ」

花芯を扱《しご》かれながら、太腿《ふともも》の柔らかい内側を吸い上げられると、下半身が痺れたように震えだす。太い指先は巧みな上に執拗《しつよう》だ。先端の割れ目を、焦らすように爪の先で辿られる。

「もう濡れてきたな……」

濡れた先端に悩ましい吐息を吹きかけられる。そんな刺激にすら、腰ががくがく揺れるほど感じてしまう。

「ここを搾《しぼ》って一番濃い精気、返してもらうぜ」

どことなく上擦った声で彼が言う。

快感にひくつく花芯を、彼は一息に口内へ迎え入れた。

「ゃ、あぁああ……っ！」

熱い粘膜に含まれた衝撃が、雷《かみなり》に打たれたように脳天から爪先まで貫く。

こんな刺激は知らない。強過ぎて何が何だかわからない。

口を窄《すぼ》めて吸い上げられ、きつい刺激にシーツに押しつけた頭をうち振る。剥き出しの感覚器となった花芯は舌のざらつきすら鋭敏に感じ取り、口内で舐めしゃぶられる強烈な快感が、逃がしどころなく体の中で暴れ回る。

「ひぃっ……！」

先端の割れ目をべろりと舐められると、腰が別の生き物のように跳ね上がった。

「堪《たま》らないって？」

否定したくて首を横に振るのに、理性を完全に砕いた快感が、引き結んだ唇の縛《いまし》めなど容易く破り、甘い声を垂れ流す。

「んくっ、ふっ……あ、やっ、ぃやっ……」

熱い口内から漏れる、じゅぶじゅぶというくぐもった水音。伝い落ちてきた涎《よだれ》とも先走りとも判然としないぬめりを、竿《さお》に塗り込めていく掌。

何もかもが気持ちいい。いけないと自制すればするほど、性感が高まっていく気がする。

「も……だめ、いや、むり……！」

「イキたいって？　いいぜ、飲んでやるからたくさん出しな」

彼が何を言っているのかよくわからない。

ただ迫り上がる強烈な射精感に抗えず、腰を小刻みに揺らしてしまう。

頭の中が白く霞んでいく。

腰が止まらない、体がぞくぞくしっ放しで、もう、おかしくなる。

「あっ、あ、やだ、くる、くっ、ん、あぁああぁっ……──────！」

甘い電流が全身を一気に駆け抜け、爆発するように達した。

弾けた白い蜜を彼は言った通りに全て口内で受け止め、最後の一滴に至るまで余すところなく飲み込んだ。

「はあっ、あっ、はっ、あ、あぁ……」

荒い呼吸に胸を上下させる自分を、彼が楽しそうに見下ろす。

べろり、と唇を舐めるのを見せつけられて、全て搾り出されたはずの腰がまた震えた。

「美味《うま》かったぜ、真紘」

吐精の余韻にか指一本動かせない自分の唇に、彼がそれを重ねてくる。深くは求められず、ちゅっ、ちゅっ、と啄《ついば》むのを楽しむような児戯《じぎ》だ。

腹立たしいのに、本当に体がだるくて動けない。貧血のように目の前が眩《くら》みさえする。

「言っただろ、精気を貰うって」

思考を見透かしたように朱月が笑う。その顔が先ほどより生き生きして見えるのは、気のせいだろうか。

「せっかくだから教えてやるよ。これが、夜叉が生まれながらにもつ特殊能力だ。体液を媒介にして、相手に精気――体力や気力を総合したような、生きるのに必要な力だな。それを相手に注ぎ込んだり、逆に奪ったり出来る。主に口づけや口淫、それから性交なんかでな」

脳裏に、昨晩、彼に与えられた深い口づけが甦る。触れた舌先から、唇から、絡めて飲み込んだ唾液から、温かい何かが体中に満ちていった。

あれが、精気だったのだろうか。

――では自分は、朱月の精気によって瀕死の重傷を癒《いや》してもらったのか。

「精気の量は、体液の量じゃなく夜叉の意志に比例するから、単純に俺の血を飲むだけじゃどうにもならないぜ。つまりおまえは、俺の厚意で生かされたってわけだ。感謝しろよ？」

得意げに言い置くと、ぐったりと手足を投げ出したままの自分を残し、朱月はベッドから軽やかに飛び降りた。

侵入《はい》ってきた窓を開け、桟に爪先を掛けながら一度だけ振り返る。

「情報を知らないんじゃ、もう会う意味はねえよ。じゃあな真紘。……可愛かったぜ」

勝ち誇ったような笑みを残し、朱月は窓から飛び降りた。

木の葉が風にざわめく音と共に吹き込む夜風が、熱の去らない体を撫でる。

ベッドの上で動けないまま、悔し涙を浮かべた真紘は朱月の去った窓を睨みつけた。

「許さないッ……！」

三

医師が見立てた通り、真紘は一週間が過ぎるのを待たずに退院した。

帰宅してすぐに向かったのは、兄の元だった。

帝都内に建つ桂城邸は、御一新後に新築された二階建ての洋館である。

敷地はさほど広くなく、調度類も華族の屋敷としては質素だが、その分落ち着きと品の良さがそこかしこに見て取れる。邸内は隅々まで手入れが行き届き、床や階段の手すりに至るまで、木目が光を発するように艶やかだ。

真紘ら家族の部屋は二階にある。真紘の部屋は寝室と書斎が続きになった一間で、元々は客の宿泊用だったと聞く。兄の部屋も同様の造りだ。

今は帝都を離れている父の部屋は書斎と両親の寝室の二間からなり、二階の中では最も広い。この書斎が、現在討伐隊の指令室に充《あ》てられている。

一階は、北に面した玄関の東隣が応接室を兼ねる広間で、南の奥が食堂だ。父がいた頃は親しい者を呼び、ここで晩餐会《ばんさんかい》が開かれることも何度かあった。

洋装が一般にも普及した昨今だが、家庭での普段着には和装を用いることが多い。しかし真紘はかっちりとした洋装を好み、概《おおむ》ね今日のように白いシャツに紺の膝丈のズボン、そして黒のブーツという出で立ちである。長い髪は討伐の時と同様、頭頂部で一つに束ねている。

兄の方は、家ではなるべく寛《くつろ》げるようにと和装でいることが多い。外出の無い今日もそのようで、絣《かすり》の着流し姿で自室にいた。

真紘が訪ねた時、卓の上には方々から届いた手紙が広げられていた。

千早の隣に腰かけていたのは、病院にも伴っていた従僕である。仕分けと返信の代筆をする彼は、討伐隊では司令部に属している。

彼だけでなく討伐隊の者は皆、普段は桂城家の使用人として働いている。真紘も含めて、桂城に表裏に亘《わた》って奉仕しているのだ。

「おかえり、真紘。迎えに行けなくてすまなかったね」

「いえ、車を寄越してくださっただけでも充分過ぎるほどです。今日は、お加減は？」

「うん、随分と気分がいい。君が元気に戻ってきてくれたからだろうね」

座りなさい、と促され兄の向かいに腰かける。

あらかじめ言いつけてあったのか、ほどなくメイドが茶器を運んできた。兄が好む薬膳茶の相伴《しょうばん》に与《あずか》りながら、真紘は怪我の具合について簡潔に報告する。すぐにでも隊に復帰出来る旨《むね》を伝えると、兄は喜びつつ、「でもね」と釘《くぎ》を刺した。

「君は結構無理をするから、数日は様子を見ようね。あれから夜叉は現れていないし、向こうも、気を利かせてくれているのかな」

「バケモノがそんな器用な真似をするはずがありません」

「ふふ。真紘、兄の冗談はそんなに面白くなかった？」

「あ、いえ、その……申し訳ありません」

会話が途切れたところで、真紘はあらかじめ用意してきた話を切り出した。

「実は兄上、おかしな夜叉と遭遇したのです」

おかしな？　と首を傾げた千早に、真紘は怪我の原因である、夜叉に食われそうになった夜のことから話を始めた。

朱月という夜叉が、自分を襲った伊吹という夜叉を殺したこと。その朱月に恐らく助けられ、ほどなくして病室に朱月が忍んでやって来たこと。口にするのを憚《はばか》られるあれこれは無論削ぎ落とし、要点だけを伝えた。

兄は神妙な顔でそれに聞き入っていたが、話を聞き終わるとまずため息をついた。

「真紘、そういう危ない目に遭ったことはもっと早くに報告してくれないか。病室に見張りを立てるとか、やりようはあったよ？」

「いえ、私の身は私が守ります。お気遣いは不要です」

「だからね、そういうところが無理しがちだと……ううん、終わったことはこれ以上責めないから、これからは留意しておくれ」

八の字眉の兄は、咎《とが》めているというより拗《す》ねているような表情だ。

そんな顔をさせてしまって申し訳ないことこの上ないが、本題はここからだ。

「それで、兄上。その、朱月という夜叉を捜索する任務をお与え願えないでしょうか。会話が可能な夜叉を生け捕れば、夜叉について色々と取り調べられるかもしれません」

「夜叉を取り調べる、ねえ。考えたことも無かったが……」

「習性や弱点など、知っておいて有益な情報は多々あるかと思います。いかがでしょうか?」

千早は顎に手を当て、ふむ、と思案する。

物腰こそ柔らかだが、彼の頭脳は真紘など到底及ばぬほど怜悧《れいり》である。体調の関係で最高学府を中退してしまったが、政府中枢の官僚に負けないほど博識で賢明だ。

「……よろしい、君の好きにしなさい。僕もその夜叉には興味がある。ただし進捗は逐一報告すること。危険はもってのほかだ。いいね?」

「はい、ありがとうございます!」

椅子から立ち上がって深く頭を下げた真紘に、大袈裟だな、と兄は苦笑した。

なるべく穏便に振る舞っていたものの、心中では、何としてでも捜索を認めてもらいたいと勢い込んでいたのだ。

朱月を捜したいと言った理由は、兄に告げた通りだ。――しかしもう一つ、真紘にとってこれこそ核心ともいうべき大きな目的があった。あの不届きな下衆《げす》野郎を捜し出して捕まえて、そして――。

(……受けた屈辱を、晴らしてやるっ!)

■

その日から真紘は、折を見つけては帝都のあちこちへ出かけるようになった。

夜叉が活動する夜に出歩きたかったものの、討伐隊として待機する必要があるし、何より遅い時間に外に出ることを兄が渋った。（そういう子供扱いを受けることはこの歳になっても偶《たま》にある）なので捜索は専ら昼に行った。

夜叉の存在自体は、公には知られていない。そのため、白髪で長髪の、背の高い不審な男を見なかったか、と目ぼしいところで聞き込みをして回るのが精々だ。地道な方法だが、今のところ次善策を思いつかないのでひたすら汗をかくしか無い。

捜索を開始してから五日ばかりが経った。

御一新から早半世紀ほどが過ぎた帝都は、将軍が坐した頃とは街の様子がすっかり変わり、西洋風の煉瓦《れんが》積みの建物や鉄骨鉄筋のコンクリート建築が軒を連ねるようになっている。

二十歳に届かぬ若年の真紘には、御一新前など大昔の話で想像も出来ない。帝都に生まれ帝都で育ち、父母が静養している別荘にさえ足を運んだことが無いため、現在のこの華の都だけが、真紘の世界の全てだった。

今日は、帝都きっての繁華な下町・浅草《あさくさ》に足を運んでいた。

昼前の浅草は、歩くだけで肩がぶつかりそうなほど人で賑わっている。見世物小屋や劇場、オペラ館といったあらゆる興業施設が並ぶ六区には、道に向かって大きな幟《のぼり》が立て掛けられ、まるで枝を伸ばした花見の桜のように目にも鮮やかだ。

最近流行の活動写真館もここにあり、写真に合わせての音楽や語りを見物するものらしい。いつだったか兄が息抜きにと誘ってくれたものの、娯楽など自分には不釣り合いだと固辞《こじ》したのを覚えている。もう少し甘えてくれてもいいのに、とこの歳になってすら兄は言ってくれるが、自分などのために使う銭ならば、兄の薬代にしてくれた方が余程価値のあることだ。

そんな帝都の遊び場で、娯楽の類《たぐい》には一切目もくれず、真紘は店の者や看板に見入る通行人に聞き込みを繰り返した。

そうこうしているうちに、居並ぶ建物の裏側、瓢箪池《ひょうたんいけ》の辺りにやって来た。池の中央には噴水が水飛沫を上げ、周りの舗装された石畳を老夫婦が孫の手を引いて歩いている。

立ち止まり、額《ひたい》にうっすら浮かんでいた汗を拭う。

春も深まり、最近では上着が不要になるほど暖かだ。今日は雲一つ無い青空の晴天、余計にだろう。

ふと振り仰いだ空の手前、殊更《ことさら》高い塔が目に飛び込んできた。あれは帝都でその名を知らぬ者の無い、通称「浅草十二階」こと凌雲閣《りょううんかく》である。

十階までが八角形のその塔は、最上階の十二階まで上るとこの広い帝都を一望に出来るという。空に近い場所から見下ろす景色とは、一体どんなものなのだろう。ずっと卑小《ひしょう》な世界で生きてきた自分にとっては、きっと眩《まば》し過ぎて足が竦《すく》んでしまう光景に違いない。

「……世界、か」

思えば、今生きている世界とて自分には過分なものだ。

こんな自分にどこまでも優しく接してくれる兄、遠い地から度々手紙を寄越し気遣ってくれる父と母。安心して寝起き出来る立派な屋敷、子爵家次男という肩書き。そして何より、『桂城真紘』という名前。

桂城の名と討伐隊の仕事は、今の自分にとって掛け替えのないものだ。非合法とはいえ人命を守る立派な務めであるし、何より桂城の――兄の役に立てる。それだけで、命を賭けるには充分な理由だ。

折に触れて噛み締める。自分が誰のために生きているのかを。……こんなことを考えてしまうのは、場所のせいだろうか。

真紘はもう一度、蒼穹《そうきゅう》を背に真っ直ぐそびえる塔を見上げた。

この場所で自分は、道を照らしてくれる温かな太陽に出会ったのだ。

『大丈夫、大丈夫だよ。安心して』

――まひろ。


「おい、貴様」

暫し追懐《ついかい》の情に身を浸していた真紘は、不躾《ぶしつけ》な呼びかけに意識を引き戻された。

振り返った先に立っていたのは、ジャケットにだぶついたセーラーズボン、山高帽という揃いの出で立ちの青年が二人。顔立ちがよく似ているので、恐らく兄弟だろう。

二人して何故か、さも迷惑そうな目でこちらをじろじろ見ている。

「そこを退け、通れんだろうが」

しっしっ、と蝿《はえ》でも払うような仕草をする青年に、真紘は思わず眉根を寄せてしまった。

池の周囲の道は人が数人擦《す》れ違うには充分な広さがある。真紘が道を譲らなくても、彼らが追い越していくのに何の支障もない。つまり、これは言いがかりというやつだ。

皺《しわ》も染みも無いこれ見よがしの服装から察するに、二人ともそこそこの企業の御曹司《おんぞうし》か、ともすると上流華族の放蕩《ほうとう》息子かもしれない。とはいっても、シャツの裾《すそ》がはみ出ているのに気づいていないのだから、頭の中と品性は身分に不釣り合いなものだろう。

子爵家に籍を置く真紘だが、こういう財力や身分に胡坐《あぐら》をかく人物は好いてはいない。しかし、万が一彼らの機嫌を損ね、桂城に迷惑がかかっては事だ。

鼻持ちならない下衆め、との本心を会釈に隠し、

「失礼しました」

一歩下がって彼らに道を譲る。

青年の一人が、フンッ、と小馬鹿にするように鼻を鳴らした。

「相変わらず小娘のようなツラをしているな、貴様」

「……失礼ですが、どこかでお会いしましたでしょうか？」

見覚えのない青年達は顔を見合わせ、同時に明らかな軽蔑の眼差しを向けてくる。

「兄と一緒に挨拶《あいさつ》に来たことを忘れるとは、相当に覚えが悪いらしい」

「仕方ないさ、次男といっても小姓《こしょう》上がりだ。大体、桂城家自体が風前《ふうぜん》の灯《ともしび》。高貴な私達の顔など、眩しくて見ていられなかったのだろうよ」

彼らが仰々しく名乗った家名は、真紘も覚えのある名家だ。確かに父が静養し始めた頃、当主代行として兄が訪問し、自分も供としてついていった。

だが「挨拶」したのは彼らの父親と思《おぼ》しき当主であって、彼らは同席すらしていなかったではないか。恐らく、屋敷のどこかから覗き見をしていたのだろう。

それで覚えていろとは無理なこと。わざわざこんな場所で自分に寄ってきて言いがかりを重ねるとは、余程暇に違いない。

それだけでも腹立たしいのに、何よりも彼らは桂城の名を馬鹿にした。許し難い。

「歯牙《しが》に掛ける必要も無い私にお声掛けいただけるとは、光栄なことです」

もう一度頭を下げ、心の中で思いきり舌打ちする。

――今ここに刀があったら、峰《みね》打《う》ちで昏倒《こんとう》させてやるものをっ！

女々しい顔立ちだという自覚と共に、粗野で手の早い性格でもあると自認している。そういえば夜叉にも言われたではないか、気が短過ぎると。

（……あいつめっ！）

青年達への苛立《いらだ》ちを、朱月への怒りにすり替える。こんな下衆らとはこれ以上話すことも無い。だいたい、自分の目的は夜叉を捜すことだ。

先を急ぎますので、と言い置いて、真紘はさっさと踵を返した。

そこに、小さな影がぶつかってきた。

うわっ、とよろめいたのは初めに声をかけてきた方の青年だ。虚をつかれてポカンと阿呆面《あほうづら》を晒していた彼だが、体当たりしてきたのが十にも満たない少年で、謝りもせずに走り去ったのに気がつくと、急に色をなして地団太《じだんだ》を踏み始めた。

「な、なんと無礼な！　おい桂城の小娘、あいつを捕まえてこい！　土下座させろ！」

青年が怒鳴り声を上げるより先に、真紘は少年を追って駆け出してた。無礼甚《はなは》だしい高慢な青年のためなどでは無い。みすぼらしい身なりをした少年のやり口に、覚えがあったからだ。

「小僧、それを返せ！」

人の波をかいくぐっていく小さな体が、ビクリと肩を震わせる。

速度を上げたのを見て取って、真紘は自分の見立てが正しいことを悟った。

――あの少年、掏摸《すり》だ！

「ん？　……あー！　私の財布が無いっ！」

真紘は人を避けながら少年を追うが、人通りの多い方へ逃げていくせいでその姿を見失いかける。こういう賑やかな場所はかえって隠れやすい。だからあのくらいの年頃の十八番《おはこ》なのだ、当て逃げの掏摸は。

「待て！　止まれ！」

真紘の制止など、当然無視して少年は走る。

と、行く手の先で、一人の男が振り返るのが見えた。渋柿色《しぶがきいろ》の着物に鼠色《ねずみいろ》の袴。適度に筋肉の張ったすらりとした長身に、髪は艶やかな黒い長髪で、不敵な笑みを浮かべる横顔は男振りが凛々《りり》しくさえある。

少年がその脇を抜けようとしたのを、男はさっと足を出して転ばせる。いってぇ！　と睨みつけた少年の両腋《わき》に手を入れて、男は少年を高く抱きかかえた。

（え……？）

その男の顔を見て、真紘は思わず足を止めた。

離せこの野郎！　と捕まえられた少年が足をばたつかせるが、余程男の力が強いのかびくともしない。男は小菊の花束を持つ手で少年を掲げたまま、けらけら楽しそうに笑っている。

「ははっ、危ないことするなあ、おまえ」

咎めるというよりは楽しんでいるようなその声を聞いて、真紘は一層混乱した。

(……どういうことだ?)

棒立ちになってしまった自分の後ろから、息を切らした青年二人が追いついてきた。男が少年を捕まえているのを見て立ち止まり、肩で息を整えながら情けない声でまた命令する。

「よく、はあっ、よくやったぞ。ほら、その餓鬼《がき》を……こっちに、渡せぇ……!」

「アン? 用があるのはこれだろ、ほらっ」

いつの間に見つけていたのか、男が少年の懐から革の長財布を抜き取り、青年に投げて寄越す。それがわざとだったのか偶然か、飛距離が足らずに地面にボトリと落ちた。

青年達と、ついでに真紘も目が点になる。男は全く悪びれていない。下ろしてもらった途端逃げようとする少年の腕を掴んだまま、しれっと真顔で告げる。

「何やってんだよ、返しただろ? 早く拾えよ」

「……ぶ、侮辱するかこの下衆がぁっ!」

青年が吠えて掴みかかったのも無理は無い。

この、相手を全く気遣わない不遜な態度。そしてこの顔、忘れようも無い声。

襟首を掴む青年にムッとした表情を隠しもしない男が、青年の手を無造作に払いのける。激怒した青年が金切り声で何か叫びかけたのを、真紘は間に割って入って制した。

その一瞬、自分の顔を見た男が、明らかにギクリと身を強張らせたのがわかった。

やはり。まさかそんな。しかし間違い無い。

瞬く間に駆け巡った様々な疑念と困惑を呑み込んで、真紘は拾ってやった財布を青年に差し出す。

「失礼、まず財布の中身を確認されるのが先決では？」

「それよりこの下衆を何とかしろ桂城！　警察を呼べ、早くしろっ！」

「それは心得ております。ですからまず、どうぞお先に」

努めて冷静に促す真紘に、青年はこめかみをひくつかせながら財布をひったくる。ひいふうみい、と札を数え終わるのを真紘はわざと待たず、

「では全てお手許にお戻りですね？」

「は？　いやまだ途中で……」

「了解いたしました。被害は無しということで、後は私にお任せください」

深々と頭を下げた自分に、青年はなおも言い募ろうとしたようだったが、もう一人の青年が袖を引いて耳打ちした。これだけの騒ぎだ、当然周囲も立ち止まって野次馬の人だかりが出来ている。あまり大ごとになるのは得策でないと、案じて引かせたのだろう。

真紘が狙った通り、青年達はフンッと負け惜しみに鼻を鳴らして去っていった。

傍迷惑《はためいわく》な二人組が退場すると、見物人達も自然に散会した。残ったのは三人。真紘は改めて、

男と少年に向き直った。

少年は忌々《いまいま》しげに自分と男とを見上げていた。顔は煤《すす》か垢《あか》かで赤黒く、服も着たきりらしく汚れていて饐《す》えた匂いさえ纏っている。家を持たず野外で寝起きしている浮浪児だと、質《ただ》すまでもなくわかる。

「不手際をする奴だ。捕まれば折檻《せっかん》どころではないぞ、馬鹿者」

「………」

「行け。次は無い」

顎でくいっと、去るよう促した真紘に、目を丸くしたのは少年だけではなかった。

「それでいいのかよ、真紘？」

思わず呼びかけてしまった男が、慌てて口を両手で塞ぐがもう遅い。この男、名乗ってもいないのに馴れ馴れしく呼びかけてきた。予想が的中したことを確信する。

一方の少年は、警戒と困惑にぎらついた視線でじっと自分を睨んでくる。子供とはいえ、いや子供だからこそ、日常的に理不尽な扱いを受けているのだろう。捕まった以上然《しか》るべきところに突き出されるに違いないと、疑いの眼差しを向けるのはもっともだ。

全て察した真紘は、「手出しはしない」という意志を、腕を組むことで示す。

「二度とは言わない。失せろ」

「……離せよっ」

手出しされないと理解するや否や、少年は男の腕を振り払った。

その拍子に、男が持っていた小菊の花束を取り落とす。あっ！　と声を上げた時にはもう少年が踏みつけた後で、脱兎《だっと》のごとく逃げていった少年の足跡の下、石畳に落ちた花は無残な押し花となっていた。

「あー……あのガキ、恩を仇で返しやがって」

がっくりと項垂れた男がガリガリと頭をかく。

その髪はやはり白髪ではない――鬘《かつら》だろうか？

紅い目ではなく人間の黒い目だ――どうなっているのだ？

だが、この男は間違いなく――。

「おい、朱月」

男が――先日会った時とは色の違う朱月がピクリとこめかみを引きつらせる。渋々と不貞腐《ふてくさ》れた顔を上げた。

「……掏摸やったガキを見逃したんだ。俺にも用は無いだろ？　俺は無い」

「私はある。大ありだ！」

襟首を掴んでやろうと伸ばした手は、しかし虚《むな》しく空を切る。

反射的に身を引いた朱月は、そのまま少年のように逃げ出した。逃がすものかと、こちらも即座に地を蹴った。

朱月は大柄なため小回りは利かないが、その分脚の長さと脚力がある。引き離そうと全力で走る彼の背中を、見失わないように躍起になって追いかける。

――頭に血が上っていた。だから真紘は忘れていたのだ。

自分が、退院後間も無い身であることを。

「……はっ、はあっ……」

走っているうちに、世界がぐらつきだした。

違う、揺れているのは自分の重心だ。

急激に体が重くなる。呼吸が苦しい。目の前がみるみるうちに暗くなっていく。

「……うっ」

走る足がもつれ、最後の一歩を前のめりに踏み外す。ぐらり、と傾いた体を支えることが出来ず、受け身さえ取れずにその場に倒れ伏した。

朦朧と消えかける意識の中、賑わう人混みのど真ん中で倒れた自分に、誰かが駆け寄ってくる気配を感じた。

――……真紘っ！

四

「…………」

うっすら開いた瞼の隙間から、低い天井が見えた。

見覚えの無い古びた木目で、ところどころ雨漏りの跡らしき染みがある。

仰向けの体にかかっているのは、恐らく薄い煎餅布団《せんべいぶとん》だ。

どうやら自分は眠っていたらしい。ぼんやりとしたまま、起き抜けの目をしばたたく。

「お、気がついたか？」

その視界に突然、男の顔がぬっと現れた。

「うわぁっ！」

覗き込む近さに驚いて、慌てて跳ね起きたのがまずかった。男に額を容赦なくぶつけ、目の前にチカチカ星が飛ぶ。

「……っ！」

起きた早々頭を抱えて悶絶した。ぶつけた相手も相当の衝撃だったらしく、傍らで額を押さえ呻《うめ》いている。

「お、まえなぁっ……！」

涙目で睨んできたのは、確認するまでもない。朱月だ。

黒い髪に黒い瞳。先刻偶然再会した姿のままの彼が、「いきなり何すんだ！」と食ってかかってくる。

「そ、それはこちらの台詞《せりふ》だ！　何故貴様がいる⁉」

売り言葉に買い言葉、またしても口喧嘩に発展しそうだった睨み合いを、しかし朱月の方が先に放り投げた。

「あーはいはい。おまえって、助けた恩を仇で返す奴だったもんな。気がついたんならとっとと帰れっ」

どっかりと胡坐をかき、あっち行けとばかりに手をひらひら振って示す彼に、ようやく自分が人混みの中で気絶したことを思い出す。

倒れた自分が、何故朱月の傍で横になっていたのか。導かれる答は一つしか無い。

「助けてくれた、のか？」

さすがにバツが悪くなり、おずおずと窺《うかが》うような訊き方になった。

しおらしい態度が意外だったのだろう。戸惑いを見せた彼が、誤魔化すように話を続けた。

「え、あ、いや……急に後ろでさ、バッターン！　って派手な音がして。振り返ったらおまえが倒れてるし、何だ何だって人が集まってくるしで、俺も慌てちまってさ」

「人が集まって……」

醜態が衆人環視の中で晒されたと知り、思わず絶句する。

「で、仕方ないから背中に担いで、俺ん家《ち》まで連れてきてやったんだよ。会いたくない相手とはいえ、道の真ん中に転がしとけるほど俺は薄情じゃねえの。感謝しろよ、弔《とむら》いに行く途中だったのを、予定変更してやったんだから」

俺ん家、と言われて驚いた。見回してみれば確かに、生活感のある住まいだ。四段の箪笥《たんす》に小物が雑多に置かれた棚、端に寄せられた箱膳《はこぜん》。土間を合わせて六畳ほどの一間は、座っているだけで見渡せる狭《せま》さだ。恐らく、御一新前から下町に建つ裏長屋だろう。

障子《しょうじ》を隔てた戸外からは、子供達が駆け回り遊ぶ喚声や、それを咎める男の声、中年の女性達の笑い声といったさざめきが、耳を澄まさなくても聞こえてくる。

真紘は大いに困惑した。

「……夜叉のくせに、人の家に住んでいるのか？」

「まあ、ここは仮住まいだけどさ。俺の本当の家はもっとでかくて立派だぞ。何たって、代々続く頭目の家だからな！」

えっへん、とばかりに胸を張られるが、さっぱり意味がわからない。

夜叉の住み処《すか》など、今まで考えたことも無かった。強《し》いていうならば、野良犬のように塒《ねぐら》すらもたない、汚れた浮浪の存在だと思っていた。土埃にまみれ、腹を満たす衝動と暴力しか知らない獣。

（……昔の、私のように）

不意に甦った記憶が胸を刺す。散らすように、慌てて首をうち振った。

(……それにしても)

状況を把握し、とりあえず平静を取り戻した真紘は、改めて朱月をじろじろと検分する。胡坐をかいてふんぞり返る彼は、苦笑して腕を組み直した。

「何だよ、そんな見つめて。穴でも開けるつもりか?」

「……何故、今日は髪が黒い? 鬘か? 人間に化けるために染めたのか?」

「おまえ質問ばっかだな。元々だよ、黒いのは」

「瞳の色は? 先日見た時は確かに、夜叉特有の深紅の瞳だった」

何故だ、と詰め寄る真紘に、朱月は逆に不審を露わにした顔を近づけてくる。

「おまえ、本当に討伐隊の隊長かよ。じいさん――頭目が教えてくれた討伐隊ってのは、人間の中で一番、俺ら夜叉のことを熟知してるはずだぞ」

「その通りだ。存在自体を秘匿《ひとく》とされている夜叉について、その情報一切は、討伐隊である我ら桂城の一族が管理している」

「だったら、昼間の夜叉の姿が人間と変わりないことくらい、何で知らないんだよ?」

「……え?」

真紘は目を丸くする。

――今、朱月は何と言った?

「姿形が変わるのは陽が沈んでから。昼間は見た目で区別をつけられないもんで、俺達夜叉はずーっと長い間、人間社会に溶け込んでこられたんだ」

「溶け込んで……？」

「元々夜叉は人に交じって生きてきた。けど人とはどうしても違うし、夜にはあの姿だ。夜叉だとバレると怯えられ疎《うと》まれて、そうすると夜叉の方も人を嫌って争いが起きる。そういうのが重なって、ご先祖達は山の奥に引っ込んだのさ。以来、夜叉だけの集落をつくって慎ましく暮らしてる」

真紘は混乱した。自分の知る情報とあまりにも隔たっている。朱月がでたらめを言っていると解釈した方が納得しやすい。

だが実際、目の前の朱月は、彼の言葉どおりに夜の姿と全く異なる。

「……本当に？」

思わず弱々しい声で訊き返してしまった自分に、彼が一瞬きょとんとした表情を見せる。しかしすぐさま、馬鹿にするように鼻を鳴らした。

「はぁーん。おまえ、隊長とかいってさては下っ端だな？　大事なことを何にも教えられず、こき使われてる使いっぱしりってとこか。俺としたことが情報源を見誤ったみてぇだ」

「……何だと？」

カチン、と頭の中で火打ち石が鳴った。

「おい夜叉」

「朱月だ。名前で呼べよ、下っ端」

「私は桂城真紘だ。そっちこそ名前で呼べ、下衆め」

「何でいちいち喧嘩腰かな、おまえは」

「貴様がいちいち侮辱するからだ！」

勢いのまま身を乗り出す。彼も同じように張り合ってきたので、鼻先がぶつかりそうなほどの至近距離で睨み合うことになった。

その憎たらしい顔が、不意にふっと頬を緩める。

「綺麗な顔してんのに、相変わらず気が強い奴だよな」

「な……んぅっ！」

距離を、一気に零《ゼロ》にまで詰められる。

腰を抱き寄せられたのと唇を塞がれたのは、ほぼ同時だった。

咄嗟に歯を食いしばった唇を、肉厚の舌が味わうようになぞる。耳たぶからうなじにかけて指先でくすぐられ、こそばゆさだけではない快感に肩を竦めた。

「お、まえは、また……！」

「ああそうだ。……綺麗な顔見たら、その気になった」

腰を抱いていた掌がするりと股間に滑り落ちる。服の上からまさぐられた途端、はぁっと甘ったるい声が漏れた。

「ち、違う！　今のは……！」

自分のだとは信じたくないほど艶の滲んだ吐息を、猛烈に恥じる。

逆に気を良くした彼の手が、膝立ちの内腿を上機嫌で何度も撫で上げる。

「おまえも、満更じゃなさそうだ」

違う、そんなはずはない。拒む心と裏腹に、体はたちまち炙《あぶ》られたように火照《ほて》っていく。

服の上からでは物足りなくなったのか、ズボンの隙間から彼が無遠慮に手を差し込んだ。足の付け根の敏感なところを指でさすられる、ゾクゾクとした痺れ。すぐ近くの花芯にそれは波のように伝わって、先端がヒクヒク震えるのを感じた。

「相変わらず、感じやすい体だな」

「うっ……」

上向くように顎を捕まれる。猫にするように喉元をくすぐられるだけで、反論の言葉を封じられてしまった。

ぎゅうっと両目をつむって耐える自分の唇に、肉厚の彼のそれがちゅっ、ちゅっと戯れるように吸いつく。舌先でなぞって薄紅色の門を開かせようとする彼に、せめてもの抵抗をと唇を引き結んで頭を振ると、そんな仕草すら楽しむように低く笑う声が聞こえた。

「苦しいんだろ？　素直になれよ」

「……っ！」

囁いた耳朶をきつめに齧《かじ》られ、思わず肩が跳ねた。

それでも敢えて唇を閉ざしたままの自分に焦れたのか、彼がついにベルトに手を掛けた。

「待っ……！」

手際よくベルトを外す手を止められない。下衣ごとズボンを引き下ろされ、控え目ながらも確かに熱をもち始めていた花芯が彼の眼前に晒された。掌に包まれ少し扱かれただけで、それはあっけなく硬さを増してしまう。

「またここを搾って、思いっきり精気、吸い出してやろうか？」

股間を弄りながら、彼が見せつけるように己の指を舐めしゃぶる。頬を窄めて吸い上げる様は、あの夜働かれた無体をまざまざと連想させた。

「ば、馬鹿も、のっ……うっ……」

「それとも今日は、こっちで楽しんでみるか？」

前にあった手を後ろに回し、尻たぶを掌で撫で回す。柔らかな双丘を揉みしだかれているうちに、もう片方の、滴るほどに唾液を纏った太い中指が割れ目に潜り込んできた。

「んっ……！」

秘めた蕾の縁を撫でられ、反射的に反った胸の頂を、白いシャツ越しに齧られる。

「あ、ゃ、あか、つき……ふぁっ……！」

歯でこすられ舌で嬲られ、痺れるような快感が容易く全身に広がる。それだけでも膝が崩れそうなのに、濡れた中指の先が蕾の中へつぷりと埋まった。

「あっ、うそっ……！」

目を見開く自分の目の前で、骨張った指先が中の襞《ひだ》を探るように動く。それだけで、腰が抜けそうなほどの衝撃が走った。

「や、やだ！　抜け、出てけっ！」

慌てて朱月の胸や頭を拳で叩くが、嘘のように力が入らない。

「あんまり大きい声出すと、外に聞こえるぜ？　……だからおとなしくしてろよ」

耳朶に犬歯を立てながら囁く彼の、腰を撫でていた手が太腿を宥《なだ》めるように上下する。たったそれだけで膝立ちの脚が震え、後ろに手を回して彼の腕を捕まえようとするが、また胸を舐め上げられて、侭《まま》ならない。

後ろの指が、狭い肉壁の奥へとどんどん分け入っていく。自身ですら触れたことの無い後孔を探られる刺激と、既に快感しか伝えない胸への愛撫に翻弄《ほんろう》されて、真紘は眦に涙が浮かぶのを感じた。

「後ろを使ったことがあるか知りたかったんだが……わかりやすい奴だな」

「う、るさい……！」

ちゅう、と鎖骨の盛り上がりを吸い上げられる痛み。

白い肌に、朱色の花が小さく咲く。

「……なあ、試してみるか？」

中指を埋め込んだまま、大きな掌が尻肉を揉みしだく。緊張したそこがきゅうっと内側に窄まって、食い締めるような反応に彼が意地悪く笑みを深める。

「奥まで太いのぶち込んでこすったら……その綺麗な顔、どんな風になるんだろうな？」

「うっ、ふあっ」

第一関節まで潜り込んだ中指が、肉壁を押し上げるように曲げられる。浅いところをぐにぐにと押される痛みと圧迫感——違う、それよりもっと甘くてうずうずとする感覚。

快感の核を微妙に外したような焦れったい気持ちよさに、身を捩《よじ》って逃げを打つ。しかし逞しい腕の檻《おり》から逃げることは叶わず、腰をいやらしくくねらせるだけだ。

「おまえのナカ、すっげえ熱くて柔らかいな。指一本ちょっと挿《い》れただけなのに……ほら、こんなにも絡みついてくる」

体の勝手な反応を、そのまま言葉にして耳に注ぎ込まれるのが恥ずかしい。

さらに深く押し込まれて、こすられる感覚に甘い悲鳴がこぼれた。

頭が真っ白になる。走って貧血になった時によく似ていて、くらくらする。息苦しい。

——でも、この上無く気持ちいい。

「よ、よくない！　……気持ちよく、なんか……ないっ！」

湧き上がる内側の声に反抗するものの、笑い交じりの彼の唇に口を塞がれた。

「ん、ゃっ……ぅ……」

かき混ぜるような乱暴な舌使いに、飲み下せない唾液が端から溢れて顎を伝う。

すっかり体の力が抜けているのは、また口づけで精気を彼が奪っているからだろう。でなければ、縋《すが》るように彼に抱きついているなんてあり得ない。

こんなに蕩けてしまうのは自分のせいでは無い。この男が、夜叉だからだ。

「二本目。……拡げるからな」

「え？　あ、――――……っ！」

狭い後孔への圧迫感が急激に増した。

彼の背中を抱く手に力が入る。背中に爪を立ててしまい、彼の顔が顰められる。

しかしもう一本、恐らく次に長い薬指を押し込んでくるのは止まらず、ぐぐっと二本まとめてさらに奥へと指が進む。

「や、やだ……やだっ……！」

体内に異物が押し入ってくるという本能的な恐怖に、激しく首をうち振った。

「何が、やだって？」

「そ、それ、指……はっ、あっ……！」

「ちゃんと言わないと、わかんねえけどなあ」

「ゆ、指、を、抜け！　抜いてくれ！」

「……じゃあ、代わりに言うこと聞くか？」

　ぐりっ、と彼の指先が腹側をこすった。

「ひあぁっ！」

　その瞬間、感じたことの無い激しい衝撃に体が跳ねた。

　あまりに強過ぎて、それが快感だとは咄嗟に理解出来ない。体が勝手にびくびく震えて、中の指を食い締めてしまう。

「う、うそ、やだ……なにっ……あぁあっ！」

「ほら、どっちだよ？　このまま後ろで気を遣《や》っちまうか？」

　耳朶を舐めながら囁く声は、極悪なほどに甘美だ。

　腹の中のその一点をこすられるだけで、頭の中が真っ白になるほどの愉悦の波が、腰から全身に押し寄せる。支える膝から力が抜けそうで、必死に突っ張る内腿が痺れてきた。

　思考も言葉も奪われた体は突き離すどころか彼に縋りつき、喘《あえ》ぐように懇願《こんがん》を口にした。

「する、何でもするから！　指、やめろ、やめて……抜いてぇ……っ！」

「ははっ。……いい声だ」

　ずるり、と一息に指を抜かれた途端、その場に崩れ落ちた。

　蹲《うずくま》ってはあはあと荒く息をつく自分の耳に、乱雑な衣擦《きぬず》れの音が届く。

本能的に嫌な予感を覚えた。上目遣いに窺うと、袴の前を寛げた朱月が、彼自身を取り出し見せつけていた。

「あっ……」

巨木のようにそそり立つ、赤黒く膨らんだ男根。雄《おす》の匂いが鼻を突く。

既に勃起した彼自身を眼前に突きつけられ、思わず唾《つば》を飲み込んだ。自分にも同じものがあるが、こんなに大きくも長くもない。彼のコレは、最早凶器だ。

「ほら、口開けろって。大きく開けて……俺を、呑み込んでみせろよ」

顎を掴まれ、親指の腹で唇をなぞられた。

「こ、こんなもの、口に入るわけ、ない」

意図を悟り、青褪める。情けなくも怯えで声が上擦った。

「ふうん？　じゃあ、後ろの口に無理矢理挿れちまおうかな？」

「そっちこそ入るはずがない！」

「いやあ？　あの柔らかさなら、指みたいに存外苦もなく入るかもよ？」

――――指みたいに。

先刻まで体内に埋められていた、節くれだった指の感触が甦る。あれよりもっと太いこれで、あれよりもっと強い刺激を。そんなことをされたら、どれくらい気持ちがいいのだろう。

（あっ……）

一瞬、下腹部が期待で脈動した。

自分の反応に愕然とする。うち消すように、慌ててかぶりを振った。

「出来るか、馬鹿者！」

「ムキになるのは図星ってな。段々おまえのことわかってきたぜ、真紘」

「……っ！」

彼の手が男根を持ち上げ、ぴたぴたと唇をはたく。先端の苦い先走りが唇を汚す嫌悪感。なのに何故か、息が不自然なほどに上がっていく。まるで餌を前にした犬のように。

「思いっきり脚を開いて、おまえの恥ずかしい孔いっぱいまで拡げて、俺のコレをぶち込んでやろうか？　それとも犬みたいに四つん這いで腰だけ高く上げて、後ろからガンガン突かれたいか？」

淫猥《いんわい》な言葉に、反論するどころか思考が操られて侭ならない。彼に犯される自分を勝手に想像してしまい、恐怖とおぞましさと——それ以上の興奮を感じてしまうのを止められない。

「ほら、どれか選べよ。黙ってたら全部やっちまうぞ？」

全部、と言われて血の気が引いた。

「く、口でしてやる！」

咄嗟に答えてしまってから、激しく後悔した。

「じゃあ、とっととやってもらおうか」

目論見《もくろみ》通り、と意地の悪い笑みを浮かべた彼が、男根を再び唇に押しつけてくる。既に先端の割れ目がうっすら濡れていて、涎を垂らしているようだった。

進退極まった真紘はついに観念し、屹立《きつりつ》を口の中へと迎え入れた。

「んっ……むっ、ぅ……」

どんなに大きく開いても、先端を頬張るだけで精一杯だ。咥《くわ》えたまま舌で輪郭をなぞってみるものの、あまりのえぐ味にすぐさま咳き込み、吐き出してしまう。

こんなの無理だ。やはり断ろうと彼を見上げるが、顎をクイと動かして、「続けろよ」と無言で指示してくるばかり。

「う……」

情け無さと悔しさで滲みそうな涙を堪えながら、真紘はもう一度唇を寄せる。

今度は片手で男根を支え、先端から根元へ、舌の腹を押し当てるように側面を舐めていくことにした。顔ごと動かして、何度も舌で往復する。張り出したところは舌先で殊更に撫でて、呑み込めない代わりに精一杯の奉仕に勤《いそ》しんだ。

だが、彼としては不服だったようだ。

「へたくそ」

鼻で笑われ、カッと頭に血が上る。

「う、上手くて堪るかっ！」

「仕方ねえなあ。じゃあ、口ん中涎でぬるぬるにしてから咥えてみろよ。……ん、そう。それで手も使って……いいぜ、やれば出来るじゃねえか」

言う通りにしてやったのは、とにかく早く終わってほしかったからだ。

先端を咥えたまま手で上下に扱くと、硬さが少し増した気がした。吐き出したくなるのを必死に耐えて、手を動かしたままじゅうっと吸い上げる。

「うっ……ふ、ぅ……んっ……！」

ぬめりに満たされた口内を、熱い肉棒が喉の奥を突きそうなほど進んでくる。

顎が疲れる、息が苦しい。早く、早く解放してほしい。

「そのまま、顔を動かせよ。前に、後ろに……吸いながら、もっと、強く……」

じゅうっ、じゅるっ。自分の口から溢れる淫猥な水音が耳を犯す。命令する彼の声が掠《かす》れていく。気づいたら、嫌々だったはずの舌が、貪るように口内の熱に絡みついていた。

「んっ、ふっ……」

手も大胆に加速し、長いそれを懸命に扱いている。手の中で口の中で、彼がどんどん育っていくことにいつの間にか夢中になっている。

彼の興奮の証が、どうして自分の快感に直結するのか。その答はすぐそこに在りながら、けれど掴んでしまったら戻れなくなりそうで深追い出来ない。

命じる彼の声はもう降ってこなかった。代わりに切れ切れの、雄の荒い息遣いが聞こえる。

た。


「……っ！」

出し抜けに、彼が腰を引いた。太いものがずるりと口から抜け出る。束ねた後ろ髪を鷲掴《わしづか》みにして顔を上向かされると、目の前に張り詰めきった彼の怒張があった。

そしてその向こうには、余裕を無くした彼の見下ろす顔が見える。

「くっ……っ！」

最後に彼が一扱きしたソレから、押し殺した呻き声と共に熱い飛沫が迸《ほとばし》る。

勢いよくかけられた瞬間、思わず目を瞑《つむ》った。顔に髪に、その白濁は玉の雫となって飛び散る。だらしなく口を開いたままの真紘の顔を雄の精が容赦なく汚した。

「あ……」

茫然《ぼうぜん》とする自分の白濁に濡れた前髪を、彼が大きな掌で後ろに撫でつける。露わにされた額に彼が唇を押し当てると、忍び笑う男の喉仏が目の前で上下するのが見えた。

「……へへ。綺麗な顔が、俺のでぐちゃぐちゃだ」

さっきまで散々無体を働いていた男は、しかし今はとても穏やかに微笑んでいる。両手で頬を挟み、目線を合わせてくる彼の眼差しに、慈しむような愛おしむような、そんな優しさを見出してしまった自分の頭は、きっと汚物をかけられた衝撃で壊れてしまったのだろう。

でなければ、彼に口づけられるのに合わせて、うっとりと瞼を閉じてしまうはずがない。

「……謝るつもりはねえけど、ちょっと、やり過ぎちまったかもな」

「ん……」

重ねられた唇はずるいほどに優しい。

隙間から忍び込んだ舌に口内を撫でられて、抱き締められた腕の中、心地好《よ》さすら感じてしまう。口淫を強いてきたケダモノに体を預けきるだなんて馬鹿なことを、どうして自分はしてしまうのだろう。

「なあ真紘。おまえは討伐隊で、言うなれば俺らの天敵なんだろうけどさ。……今、それを忘れかけてた」

囁かれた意味が、よくわからない。

「でも狂っちまった奴らを、おまえらが救ってくれてるって考えたら……なんてさ。おまえを気に入ってること、どうにかして俺自身に許そうとしてる……」

問わず語りの続きを、彼は濃厚な愛撫に没頭することで有耶無耶《うやむや》にした。

終わりが見えないほど繰り返される口づけと、体の隅々をまさぐってくる大きな手に翻弄されながら、真紘はどうしてだか、拒むことも逃げ出すことも考えられないでいた。

五

半ば茫然自失の体《てい》で、真紘が朱月の家から帰って数日後。

桂城邸の朝である。

いつも通りの時刻に起床した真紘は整えた身なりを姿見で点検し、それから重いため息をついた。朝から鏡の中の自分を睨みつけてしまうほど不機嫌なのは、夢見が悪かったせいだ。

夢に、朱月が現れた。

夢というより、彼と出会ってからの走馬灯《そうまとう》のようなものを見た。

顔を合わせたのは三度だけ。しかし与えられた影響は、心情的な意味でも――悔しいが身体的な意味でも計り知れない。

病室に侵入された時は、負傷もあって力で押さえ込まれたから、と不本意の言い訳が出来た。

しかし先日は、彼の気が済んで宵近くに解放されるまで、散々体を好きにさせてしまった。

せっかく見つけたのに、捕まえるどころか見送られて帰ってきただけ。居場所を覚えたとはいえ、何故あの場で彼を捕縛、もしくは斬り殺さなかったのか。

(殺す？　あの夜叉を……朱月を？)

数日前だったら即座に首肯《しゅこう》出来た問いかけに、鏡の中の自分は眉根を寄せて黙ったままだ。

(……そもそも夜叉、なのだろうか。あいつは)

　自分が討伐対象として追っていた『夜叉』は、人を好んで襲う獰猛な獣であり、理性や感情をもたないバケモノであるはずだ。

　だが、朱月は違う。彼は見た目どころか言動に至るまで、困惑するほどに人間と同じだ。だというのに彼は己を夜叉だという。そして自分の知らない夜叉の性質を語って聞かせた。

（そもそも、私の知る夜叉は、本当に『夜叉』なのか……？）

　今まで疑問に思うことすら無かった大前提が揺らぎ、思考が袋小路に迷い込む。

　はあ。またため息がこぼれる。鏡の中の自分は、やはり晴れない表情のまま。朱月との再会が、真紘に思いがけない懊悩《おうのう》と迷いを生んでいた。


　一階に下りて食堂に入ると、千早が先に席に着き食事をとっていた。

　調子が悪い時には自室のベッドで粥《かゆ》を啜ることもある千早が、今日は加減が良いらしい。姿を現した自分を、いつもの優しい笑顔で迎えてくれる。

「おはよう、真紘。よく眠れたかい？」

「はい兄上、おはようございます」

　折り目正しく兄に会釈して、長い食卓を挟んだ向かい側に着席する。

　桂城家は生活様式こそ洋風であるものの、食事は専ら和食である。用意された焼き魚と一《いち》汁一菜《じゅういっさい》に手を合わせ、静かに口に運びだす。

「ところで真紘。調べると言っていた夜叉の件、どうなったのかな？」

箸《はし》を持つ手が思わず止まった。

咄嗟に、言葉を探してしまう。

「……申し訳ありません。まだ、何も」

「そう……。この前も遅くまで捜し回っていたようだし、無理はしないようにね」

労《ねぎら》ってくれる兄の顔を直視出来ない。

初めて、兄に嘘をついた。

罪悪感が胸の奥をキリキリと苛む。信頼し忠誠を誓っている兄に、隠し事も偽りもあってはならない。だが朱月との間にあったことを説明するのは、どうしても憚られる。

自室で悶々《もんもん》としていた悩みと迷いが甦る。せめて糸口を、と真紘は逡巡《しゅんじゅん》の末に口を開いた。

「……兄上。一つ、質問をよろしいでしょうか？」

おずおずと切り出した自分に、兄は何か大事な話だと思ったのだろう。既に食事を終え食器の下げられた食卓の上に、ゆったりと手を組んで傾聴の姿勢をとった。

「そもそも夜叉とは、一体、何者なのでしょうか？」

兄は一瞬虚を突かれたように目をしばたたく。

困り眉で返された問い返しは、驚くほど核心を突くものだった。

「随分突飛な質問だが、そんなことを訊いてしまうような何かがあったのかな？」

「それは……」

初めて出会った時から兄は勘の鋭い人だった。穏やかな瞳で本質を見透かしてくる。だからこそ自分は彼に救われたのだけれど、隠し事がある今は、返事一つにすら難渋する。

「……私は夜叉討伐の隊長を務めながら、人を襲うバケモノとしか夜叉のことを知りません。夜叉についての知識が増えれば、例の夜叉を捜す手助けになるかと考えました」

「なるほど。道理だね」

微笑みの形をしてはいるが、兄の表情がいつになく厳しい。ゆっくりと丸眼鏡のブリッジを押し上げる仕草も、妙に意味ありげだ。

「僕も詳しくは知らないが……桂城はそもそも、人間と夜叉との間に生じた諍《いさか》いを調停する役割を担っていたのだと、家に伝わる文献で読んだことがある」

「調停、ですか？」

そう、と兄が神妙に頷く。

「それが真実ならば、夜叉が人の近くに生息していたこと、また、人間と意思の疎通が出来たことの、証拠になるだろうね。……僕らの知る夜叉からは、想像も出来ない話だが」

兄の説明に、朱月の話が重なる。元々夜叉は人に交じって生きてきた。けれども怯えられ疎まれて、争いが起きるのが重なって――。

思い返していた真紘を引き戻すように、兄が言葉を続ける。

「すまなかったね、真紘。実際に夜叉に手を下さなければならない君には、剣先を鈍らせる知識になるかもしれない、と教えるのを控えていたんだ。……動揺、させてしまったかな?」

「いえ、兄上のご判断に誤りはありません。……ただ、人のような夜叉もいる、ということですね」

――朱月のように。

兄の前に、白湯《さゆ》の入った湯呑みといくつかの薬包紙が並べられる。食事後の兄に欠かせない薬の時間だ。思い過ごしだろうか、前より薬の種類が増えているような気がする。いや、実際年々増えているのだ。

正直、見るのが辛い。代われるものなら喜んでこの体を差し出すのに、許されない。

「……夜叉といえば、思い出すことがあるよ」

兄が包み紙を広げながら口を開く。

「父が、昔言っていたんだ。もし、討伐以外に夜叉の被害を食い止める方法があるのならば、討伐隊は必要ないのかもしれない、とね」

昔、とは父が先代の総隊長として隊の指揮を執っていた頃のことだろう。体力の衰えと母の看病を鑑《かんが》みて、兄が成人した頃に隊長職を譲ったと聞いている。

「僕も、血を流さずに済むのなら、それに越したことは無いと思っている」

言葉の合間に薬を一包、湯呑みを仰いで喉へと流し込む。

「……もし、夜叉に人の倫理が通じるのならば、無駄な殺生をせずに済むかもしれない。だが、僕達が遭遇してきた夜叉はバケモノでしかなかった。だから討伐を続けてきたんだ」

　哀しいことだけれど、と兄は空になった包み紙を握り潰す。

　老人のように薬をいくつも処方されている兄の体は、歳を重ねるごとに弱っていっている。年齢でいえば気力体力とも充実する若い盛りだというのに、屋敷の中でさえ、不意の立ち眩みに備えてステッキを手放せないほどだ。

　兄が当主代行と討伐隊総隊長としての務めを果たせているのは、その限り無い責任感と情熱と、強い意志に因《よ》るところが大きい。だが時折、彼の深い慈愛が、その意志に翳《かげ》りを落としてしまう。真に博愛の人であるゆえに、兄は、本心では夜叉に対してさえ殺生を拒んでいる。

　だからこそ自分は、自ら攻撃部隊に志願したのだ。兄の白く温かな手が、血で染まることの無いように。――汚れるのは、野良犬同然だった自分の手であればいいと。

「……兄上の哀しみは、私が止めます」

「真紘？」

　小首を傾げた兄に向かって、ピンと背筋を伸ばす。

「夜叉を狩るのが桂城の務めならば、狩らなくて済む手立てを考えるのも、桂城だからこそ成せることのはず。……兄上、先程の文献、学ばせてください。真偽を即座に断ずることは出来ませんが、少なくとも、一考の価値はあるように思います」

「ふむ、なるほどね。確か庭の蔵の中にあるはずだ。後で探してみるといい」

頷いた兄の穏やかな笑みに、真紘の決心は一層強まる。

夜叉と人の間を調停することが可能ならば、夜叉をバケモノとして扱う必要が無くなるかもしれない。そうすれば討伐隊は不要だ。兄は総隊長という責務からは解放され、今よりもっと穏やかな生活を送れるだろう。夜叉を討《う》つ必要が無くなれば、きっと——。

そう考えた真紘の脳裏に、不意に朱月の顔が過《よぎ》った。

まひろ、と耳許で囁く甘い微笑みと、強引ながらも優しく愛撫してくれた熱い指。逞しい腕に、大きな体。白髪に赤い瞳をもつ朱月と、黒髪に黒い瞳をもつ朱月と。どちらにも口づけされた記憶が甦り——羞恥の炎が全身を炙った。

「真紘、どうかしたのかい？」

「な、何でもありませんっ」

赤くなった頬を隠すように、真紘は俯《うつむ》き加減で食事を再開した。

(何で、あいつのことなんか……！)

■

蔵から探し出した古い文献を読み込むのに一週間ほどかかった。

内容は兄が話してくれた通りのもので、新しい発見こそなかったが、「人のような夜叉」が存在することの裏付けにはなった。

読み終えた数日後に、真紘は、朱月の裏長屋を訪ねた。

しかし彼は、一足先に行方をくらましていた。

「え、引っ越し？」

留守かと思って家の前でうろうろしていた真紘に、気を利かせた隣人が教えてくれたのだ。真紘が朱月に助けてもらった日からすぐに、彼は転居したらしい。

行き先は交流のあった隣人でさえ知らされていなかった。

完全に手詰まりだ。真紘は途方に暮れた。朱月に確かめたいことがあったのだが、こちらから連絡する手段が絶たれてしまってはどうにもならない。

捜すにも当てが無いと、真紘は昼過ぎにとぼとぼと屋敷に戻ってきた。

門扉脇の通用口から入ろうとしたところで、急に後ろから肩を叩かれた。

「よっ。待ちくたびれるところだったぜ」

「あ、朱月っ！」

先日と同じ着物、そして黒目黒髪の昼の朱月がそこにいた。

思いも寄らぬところで捜し人に出くわし、咄嗟に二の句を継げられない。そんな呆《ほう》けた真紘の手を、朱月は強引に引いて歩きだす。屋敷がどんどん遠ざかっていく。

「おまえがカツラギカツラギって連呼してくれてたおかげでな、捜しやすかったぜ。家の前で見張ってれば会えるだろうってさ」

「お、おまえ……そうだ、家！　どうして急に移ったりしたんだ？」

「訪ねたのか？　討伐隊の隊長さんに場所知られたんだ。そりゃ変えるっての」

あまりにも普通に言葉を交わしていたことと、昼間の姿を見慣れたせいで忘れかけていた。

朱月は夜叉で、そもそも彼は討伐対象であるはず。

そこでようやく、朱月に会いに行った理由を思い出す。引く手を逆に掴み返し、進む足を止めさせた。

「それより朱月、夜叉についてわかったことがあるんだ。力を貸せ！」

「へえ」

「な、何だその興味なさそうな態度はっ」

「実際興味ねえよ、自分達のことだし。俺が知りたいのは、同胞の行方だ」

そっちはわかったのか？　と問われても、首を横に振るしか出来ない。

取引するには完全に自分の分が悪い。強硬な態度では言うことを聞かせられないと悟り、真紘は恥を忍んで頭を下げた。

「……では、頼む。桂城のために協力してくれ。上手く行けば、討伐隊は必要無くなるかもしれないんだ」

（そうすればきっと、兄上も喜んでくださるはず）

秘めた目的を胸の内で呟《つぶや》きつつ、朱月の反応を窺う。彼は一瞬驚いたようだが、こちらが本気であることを見て取ると顎をさすりながら思案し、やがて「いいぜ」と頷いた。

「本当かっ！」

「もちろん、タダじゃあなくてな？」

ニヤリ、と吊り上がった口角に嫌な予感が過る。

見たこともないほど嬉しそうに、朱月が目を輝かせた。

「そもそも今日は、そのためにおまえに会いに来たんだ。……へへ、連れてってほしいところがあるんだよ」

■

ようこそおいでくださいました、と和装に白エプロンを掛けた女給が、接客用の笑顔で自分と彼とを迎え入れる。窓際の二人席に案内され、うきうきと壁に掛かったメニュウを眺める朱月とは対照的に、向かいに座る真紘は疲れきった顔で肩を落とした。

「……まさか、カフェーだとは」

朱月が強請《ねだ》ったこと。それはカフェーで奢《おご》ること、だった。

十数年前から帝都に店を開き始めたカフェーは、珈琲《コーヒー》や洋酒、洋食を供する西洋風の茶屋で、最近では一般都民でも出入り出来る店が増えたが、文化人のサロンの雰囲気をもつ敷居の高い店も多い。

真紘にとっては、カフェーなど道楽の一種だ。こういうところも知識として知っておいた方がいい、と兄に伴われて来たことはあるが、好んで足を運ぶ場所ではないと思っている。

——そんなところに、この無作法丸出しの男を連れていけと。

全力で拒否したかった真紘だが、協力を仰いだ手前やむを得ない。あれに乗ってみたい！という駄々っ子のような注文を渋々呑み込んで都電で銀座《ぎんざ》に移動し、壮麗な煉瓦造りの建物や石畳の大路に歓声を上げる朱月のせいで、周囲に笑われる恥を忍んだ。

「だってこんなハイカラなところ、俺の故郷には無いし、一人で行く金も持ってねえし。お貴族様のおまえなら、毎日遊びに来てたりするんだろ？　金も余りまくるくらいだろ？」

「馬鹿者。桂城は華族とはいえ質実剛健の家だ。金満家の放蕩息子と一緒にするな」

「何だ、おまえん家、思ったよりも貧乏なのか」

「侮辱するか貴様ァっ！」

瞬間的に頭に血が上り、思わず卓に拳を叩きつけてしまう。

シン……と静まり返った客や女給の視線が痛い。真紘はすごすごと拳を膝の上に引っ込めて、身を縮こまらせた。——声を殺して笑っている朱月をこの拳で殴ってやりたい。

「それで、どれを注文すればいいいんだ？」

「勝手にしろ」

「じゃああの、あい、す、くりいむ？　あの一番高いやつ……」

「一番安い珈琲だな、了承した」

「おっまえ、この野郎！」

今度は朱月が吠えて腰を浮かした。

再び静まり返る店内。近くの席の初老の紳士が、コホンと一つ咳払いをする。

それを見た朱月が、ムッと口をへの字に曲げた。

「何だよじいさん、文句あるなら黙ってないで言えよ。アン？」

「無礼者とっとと座れぇっ！」

髪や袖を引っ張って無理矢理腰を下ろさせ、さらに言い募ろうとした額に手刀をお見舞いしておいた。……頭が痛い。

「いいか朱月、ここは貴様のような田舎者が足を踏み入れる場所ではないのだ。奢ってほしかったら、借りてきた犬のようにおとなしくしていろっ」

顔を突き出し潜めた声で小言をぶつければ、朱月のへの字がさらにひん曲がる。完全に臍《へそ》を曲げたようだったが、珈琲を持ってきた見目麗しい女給に流し目を送られると、あっという間に相好《そうごう》がだらしなく崩れた。

「なあ、なあ真紘。見たか今の。俺、やっぱり女に好かれるんだなあ。故郷でも、男振りの良さが評判だったんだぜ？」

チップを弾んだからだ、というのは黙っておこう。

それにしても、こいつは女好きなのか？　自分を前にして、女に色目を使われたくらいで上機嫌になるとは何とも不誠実ではないか。最後まで至らずとはいえ、あそこまですれば体の関係があるも同然なのに。

（……って、何を考えているのだ私はっ！）

心中に湧いた妙な苛立ちを振り払うように、淹《い》れ立ての珈琲を一口呷《あお》る。

それを真似たのだろう、朱月が嬉々として自分の珈琲に口をつける。しかしその途端、うげえええ、と下品極まりない悲鳴を上げた。

「な、な、何だこのにっがいの！　薬草でも煮詰めたのか？」

「そうだな、貴様のような田舎者には高尚過ぎる風雅な味わいだろうな。とくと味わえ」

「はあ？　全ッ然理解出来ねえ、こんなモン金払って飲むとか、頭おかしいぜおまえら」

ぺっぺっ、と吐き出す朱月の無礼に、カウンター脇に控えた先刻の女給が顔を顰めている。

真紘は逆に清々《すがすが》しい気分で、珈琲カップを優雅に口に運んだ。

「そういえば朱月。おまえの故郷には、夜叉ばかりが住んでいるのか？」

ようやく朱月が珈琲の苦みを吐き出し終えた頃、ふと浮かんだ疑問を唇に乗せた。

うげー〜

公衆の面前だが、卓と卓の間は会話が漏れ聞こえない程度には距離が取ってある。そもそも夜叉を知る者は、桂城の関係者と政府の一部の要人以外にほとんどいない。話題にしても理解出来る者はいないだろうと、そう判断したのは朱月も同じだったようで、卓に突いた片肘《かたひじ》に頬を乗せ、のんびりと話し始めた。

「前にちょっと話しただろ。大多数の夜叉は随分昔に人間の近くに住むことを諦めて、夜叉だけの集落を山奥とかにつくった。俺の故郷はその中でも古株でさ、場所は……まあ、西の山の向こうとでも言っておこうか」

人間社会との交流はほとんど無く、豊かな山林とその合間に点在する田畑、清らかな水に恵まれた自給自足の集落。そういったものが全国にいくつかあり、細々とながら夜叉の血を繋いでいるのだという。

「集落間の行き来は結構あってさ、全集落の長に当たるのが俺のじいさんである頭目だ。じいさんの息子夫婦は何年か前に山崩れに巻き込まれて、あっちの世界に逝《い》っちまった。で、その息子——つまり頭目の孫である俺が、じいさんの名代として、あちこちの集落へ様子見に派遣されてるんだ」

若頭目、と名乗っていた覚えがある。

つまり朱月は、桂城でいう兄のような立場なのだろう。

「それで集落を回っているうちに、行方不明の話を何件か聞いた、というわけか」

「お？　喚いてたわりに覚てたんだな。そう、捜してくれって頼まれた。困り事を解決するのも頭目の仕事だ。それで俺はひと月くらい前にこの帝都にやって来て、やっと捜し当てた奴は……伊吹は、キョウカしちまってた」

「キョウカ？」

耳慣れぬ言葉を鸚鵡返《おうむがえ》ししたものの、窓の外に視線を投げた朱月は答えてはくれなかった。

――――また、あの顔だ。

話題があの夜に触れたからだろう。彼が同胞を手に掛けた時、そして病院で襲われた時にも見せた、切ない横顔を彼はしていた。

窓の外は行き交う人の華やかさに溢れている。訪問着の婦人があでやかに笑って通り過ぎ、日傘を持つ洋装のモダンガールが、口髭《くちひげ》をたくわえた山高帽の男性と共に歩いていく。

カフェーの店内も西洋の香りに満ち、カウンターの奥の壁には、夜に供される酒瓶《びん》が洒落た顔を並べている。どこからか流れる蓄音器の音色、品の良い紳士達とその相手をする女給の密やかな話し声。卓に敷かれたクロスは白く、手にした陶器のカップには花の模様が鮮やかだ。

新文明の華やかさに取り囲まれているというのに、どこか遠くを見遣る朱月の横顔は心なしか哀しい。連れてこいと強請ったくせに、物見遊山で帝都を楽しんでいるようなことを言うくせに、彼は折に触れ、思い返すにつけ、同胞の命を奪ったことを悔やんでいる。

（……悼《いた》んでいるのか。今、この時にも）

最早真紘にとって、夜叉はバケモノではあり得なかった。少なくとも朱月のことを、自分と同じく感情をもつ人格だと認識している。

彼は情を知っている。心を許した大事な者達がいる。出会ってまだ僅か、ほんの少しの時しか共にしていない自分よりずっと、親しく愛しい同胞達が故郷で待っている。

(私より、大切な者達が……)

――その当然の事実が少しだけ、胸の柔らかなところを苛むのは何故だろう。

「どうした、真紘?」

視線を戻した彼が、見つめる自分に気づいて淡く微笑む。小首を傾げた拍子に、肩にあった黒髪が胸へとこぼれた。

粗野な言動と百面相のように表情がころころ変わるせいでわかりにくいが、彼の見目形は至極整っている。黙っていれば本人の言う通り良い男振りだし、甘く垂れた眦や少し大きめの口許、開き気味の襟から覗《のぞ》く鎖骨の盛り上がりなどに、色香を感じる女もいるかもしれない。

そんな男が、大人びた顔で見つめてくるなんて――。

(……朱月のくせに)

こくり、と真紘は我知らず喉を鳴らしていた。

見惚《みほ》れていたのを誤魔化すように、視線と話題を転じる。

「たった一人で捜しに来たのか? この広い帝都に」

ああ、と彼は目を伏せるように首肯した。――その流れるような目線にすら、どうしようもなく惹《ひ》きつけられる。

「……俺さ、両親は早くに亡くしちまったけど、その分じいさんがきちんと育ててくれたんだ。集落の大人達にも可愛がられたし、仲のいい幼馴染みもたくさんいる。別の集落でも、訪ねる度に声かけてくれる奴らがいてさ。そういう皆が、俺を頼ってくれるんだよ」

愛された思い出があるからこそ、誰かを愛することに躊躇《ちゅうちょ》が無い。

彼の漲《みなぎ》るばかりの自信は、同胞との信頼関係に基づいているのだろう。

「同胞を守ることは、俺にとって一番大事な役目だ。そのためなら、どんなことだってやってやる。……俺なら、出来る」

頬を置いていた手を拳にして、力強く握り込む。

眩しい、と思った。決意を語る朱月が、酷く眩しい。

黄金色の光が彼の内側から溢れてくるようで、心が丸ごと吸い寄せられて動けなくなる。

こんな想いを抱くのは、今まで生きてきて二度目のことだ。数回会っただけなのに、こんなにも、彼の存在が自分の中で大きくなってしまったのだろうか。

(そんなこと……)

――否、と言ったら、きっと嘘になる。

「ま、討伐隊の隊長さんに話せるのはこのくらいだな。この苦い薬草汁は詐欺《さぎ》だったけど、連れてきてもらった礼はこれで果たしたぞ」

ニッ、と不敵に笑ってみせた朱月の、先程までの大人びた雰囲気は既になりを潜めていた。

おかげでこちらも、常の突《つ》っ慳貪《けんどん》な態度に戻ることが出来た。

「手間賃を考えれば足りないが、まあ良しとしてやろう。夜叉がただの獣では無いということは理解出来た。桂城に伝わる文献の記述とも、概ね一致する」

「何だよ。やっぱりおまえが知らないだけで、わかってたんじゃねえか、夜叉のこと」

「私が惑わないよう、兄上が配慮してくださっていたのだ。私は、実際に夜叉を斬り殺す役目を担っているからな」

夜叉が、本来は朱月と同じ――人間と同じならば、いくら人に害を為す存在とはいえ、切っ先に迷いが生じるかもしれない。優しい兄がそう考えたのは、想像に難くない。

「だが私は、夜叉にも同じ『命』があると知った今でさえ、おまえの同胞を討伐することに躊躇《ためら》いは無い。それが桂城のためならば、私は容赦無く刀を振るうだろう」

朱月の視線が険《けわ》しさを増す。丸まっていた背筋も伸び、胸を張った姿は威圧感さえ覚える。

反応は想定内。むしろ、彼の意志の強さを確認出来て良かったとさえ思う。

「しかし、ここに別の選択肢がある。討伐ではなく、調停によって夜叉と人との争いを鎮めるという道だ」

「調停?」

頷きながら、これこそが本題だと身を乗り出す。

「おまえの語ってくれた夜叉は、人と変わらない、理性的な生き物だ。では人を襲う……私達が斬ってきた『夜叉』は何者なんだ？　おまえが伊吹と呼んでいた夜叉、あれはおまえの知り合いだったのだろう？　どうしてあんなバケモノになってしまったんだ？」

キョウカ、と彼は口にした。

それこそが、自分が彼から得たい情報だ。

「それがわかれば、夜叉を討伐しなくても済むかもしれない」

無駄な血を流さず、兄の哀しみも取り除き、ひいては兄の体力を削っていく討伐隊そのものを解体出来るかもしれない。そうすれば兄の体を——心をも、救えるかもしれない。

自分が彼を捜した理由は、この思いつきを具体的な形にするためだった。

「……奢ってもらうくらいじゃ、割に合わねえかもな」

朱月の表情はやはり渋いままだ。明かしたくない秘密というよりは、彼にばかり話させることが気に食わないのだろう。

「では、私の秘密を打ち明けたら、信頼してくれるだろうか？」

「へ？」

「兄上と、家の者以外知らないことをおまえに話す。そうしたら、もっと深く夜叉について教えてくれるか？」

「……また、すごい交換条件だな。俺がおまえに興味が無かったら、成り立ちもしない」

「おまえとて、話したのは私的な交友関係程度だ。同等だろう？」

違い無い、と笑った彼が、また窓の外に視線を投げる。

暫しの思案の後に、引き締めた表情で彼は自分に向き直った。

「聞いてから考えさせてくれるんなら、いいぜ？」

■

自分の希望で、場所を他に移すことになった。どれほど関心を払われていなかろうと、人のいる場所で桂城の話をしたくなかったからだ。

都電で中心部を離れ、少し歩いた先に辿り着いたのは、人通りのあまり無い土手道だった。

緩い斜面には雑草が生い茂り、濁った川面が薄暮《はくぼ》の淡い光を反射している。

陽は西の際に没しつつあった。茜空を既に過ぎ、薄紫へと空気が染まり始めている。

聞けば夜叉の髪と目の色は、太陽の光が地上に届かなくなるにつれ変じていくのだという。

朱月が黒目黒髪でいられるのも、あと僅かな時間らしい。

「まあ、帝都くらい人が溢れたとこだと、珍妙な外見でも存外見咎められないんだけどな。けど、出来るなら手短に頼むぜ」

「話自体は短いものだ。すぐ終わる」

　川の中ほどで何かが跳ねた。

　真紘はすう、と大きく息を吸い込んだ。

「私は、養子だ。桂城の家には、子供の頃に引き取られた」

「は？　……え？」

　朱月が目をしばたたく。素直な反応に、思わず苦笑する。

「幼い頃、私は捨て子の浮浪児だった。本当の親は知らない。物心ついた時にはもう、路上で生活していた」

　先日の掏摸を覚えているか？　出し抜けな問いに、朱月は困惑しつつも首肯する。

「あ、ああ。あのちっこい子供だろ。おまえが何でか見逃してやった……」

「あれが、昔の私だ。私もよく、ああやって人の物を盗み、時には傷つけ奪って、野良犬のように生き永らえていたよ」

　自嘲《じちょう》気味に笑んだ自分に、朱月の目が一層丸まった。

　顔が赤黒くなるほどの垢まみれの体に、襤褸布を辛うじて纏っているだけの粗末過ぎる身なり。髪は伸びっぱなしで汚く、男か女かさえ判然としなかった。正確な年齢は定かではないが、恐らく十歳近くになっても、幼児並みの言葉しか喋《しゃべ》れなかったと記憶している。

　腹を満たすためなら何でもやった。残飯を漁り泥水を啜ったことさえある。同じような浮浪児と体を寄せ合って塒をつくり、時には大人に理不尽な暴力を振るわれたりもした。

「そんな野良犬を拾い、真っ当な人間にしてくれたのが兄上――桂城千早なんだ」


あの日。

腹をすかしていた自分は――いや、その時には名前すらなかった。空腹で目を回しかけていた卑《いや》しい野良犬は、人混みの中、ステッキを突いて歩く青年を見かけた。

身なりはそこそこ、きっと金持ちに違いない。怪我をしているのか、動きは鈍そうだ。そんな風に獲物を見定めて、擦れ違いざまに青年の懐を探った。

『何をしている！』

怒鳴られたのは青年にではなく、付き添いの屈強な男にだった。骨と皮だけの細い腕を捩《ね》じり上げられ、青年の上着の内ポケットからくすねた財布を取り上げられた。

青年は護衛を兼ねた従僕を連れていたのだ。今にも殴りかかってきそうな従僕の鬼の形相に、野良犬は死を覚悟した。

「自分を大事にする心なんて、別に無かったのに。惨《みじ》めな境遇であることは、自分でもわかっていた。……だが、死ぬのは酷く怖かった。怖かったけれど、当時の私は命乞いの言葉すら知らず、ガタガタ震えて失禁さえしながら、赤子のように唸っていただけだったよ」

そんな野良犬に、優しく声をかける人がいた。

財布を奪われた当人が、「離してやりなさい」と八の字眉の困り顔で従僕に声をかけたのだ。

『事情も聞かずに、暴力に訴えるのはいけないよ。この子、随分痩《や》せ細って、見るからに気の毒じゃないか』

従僕は、主人の命令を戸惑いながらも聞き入れた。

腰を抜かして立てなくなった野良犬は青年を見上げた。少し長めの髪や眼鏡の奥の瞳は色が薄く、太陽の光を透かして、まるで金色に光っているように見えた。

その光り輝く人は野良犬に合わせて腰を屈《かが》め、ぽんぽんとあやすように頭を撫でてくれた。

『…………ぁ』

優しく微笑む青年に、怖い、と思ったことを覚えている。

しかしそれは、殴られたり怒鳴られたりする時のものとは違った。怖くて足が竦むほどだけれど、頭を撫でる手を振り払いたくない。むしろずっと触れていてほしい。泣きだしそうなほど身を震わせる自分に、青年はうん、うん、と何度も頷いてくれた。

『大丈夫、大丈夫だよ。安心して』

神様がいることすら知らなかった野良犬は、理解出来なかったのだ。

それが、神々《こうごう》しさに畏怖《いふ》するという感情であることを。

『ねえ君。僕に手助けすることは出来るかな？　君のような幼い子が、他人から物を奪わずに生きていけるよう、手伝いたいんだ』

青年――千早の向けてくれた優しさに、自分は声を上げて泣いた。初めて人間として扱ってもらえた喜びが、体の奥底から涙として溢れ出た。

「私は桂城家に連れていかれ、そこで使用人として働きながら教育を受けさせてもらうことになった。元々兄や義父は、身寄りのない子を引き取っては、討伐隊の一員にするために育てていたんだ。桂城の家系は既に先細りで、親戚筋は討伐隊と関わりをもたなくなっていたからな」

「身内でも忌避《きひ》するような危険な務めに、孤児をあてがってたってことか？」

朱月の言い方には刺《とげ》があった。

確かに、倫理的に全て正しいとは言いきれないかもしれない。しかしそれは、周りに大切にされてきた者の言い分だ。

「故郷を愛し同胞に愛され育まれてきたおまえには、到底わからんだろうよ。天涯孤独の身に、初めて差し伸べられた手の有り難さはな」

「……ああ、わかんねえよ」

ぶっきらぼうな言い方だが、真紘はむしろ微笑む。

知ったかぶらないところが朱月の素直さを表していて好ましい。自然に、そう思えた。

「『真紘』という名は兄から貰った。そして一年前、討伐の実績を認められて攻撃部隊長に昇格すると同時に、桂城家の次男となった」

静養先からわざわざ帝都に戻ってきた義父母に養子にと告げられた時、孤児が華族の子息になるなど恐れ多いと、真紘は頑強に拒んだ。だが、自分を家族にしてほしいと頼んだのが兄だと聞かされ、その兄にまで懇願されたのだ。

『僕一人では貫けない志を、君が一緒に支えてほしい。家族として誰よりも傍で……僕の刀となっておくれ、真紘』

彼の刀に。――自分が桂城を名乗ることで、重責を負う兄が少しでも楽になるのならば。

身に余り過ぎる養子縁組みを承諾したのは、その一心が決め手だった。

「何としてでも消えた同胞を捜し出す。おまえはそう言っていたな？　その決心の強さは、正直私の胸にも響いた」

「……ああ」

「その志と同じだ。私を人間にしてくれた桂城に尽くすこと、その桂城のために生きる兄上を支えることが、私にとって最も大切なこと。そのためならば、何だってしてやる」

胸の前で、ぐっと拳を握り締める。

決意を表した自分に、朱月はまるで眩しいものを見るように目を細めた。

「すっごく大事なんだな、兄貴が」

「ああ。掛け替えのない恩人で、お慕い申し上げている人だ」

「うーん、おまえの処女狙ってる身としては、ちーっとばかし妬《や》けるな」

「は？　……はあっ⁉」

思わず素《す》っ頓狂《とんきょう》な声を上げてしまう。

どんな下品な冗談だ、と目を白黒させる自分を余所《よそ》に、朱月は至って真面目な顔だ。

「いや、あそこまでやったらもうあと一押しだろ。住み処バレないでおまえと最後までヤッちまうこと出来ないかな。もういっそここでするか？　それいいな、うん、そうしよう！」

「な、何を考えているんだこの大馬鹿者っ！」

両腕を広げて抱きついてきた朱月を、容赦無く殴って蹴り倒す。

「痛ってぇー！　おい、今受け入れる流れだっただろ？」

「腐った頭に蛆虫《うじむし》でも湧いているのか、この下衆がぁっ！」

やはり夜叉は理性の無いケダモノだ！

頭に血が上った真紘は、尻もちをついた朱月を足で小突き回す。

子供じみた攻防をやんやと繰り広げているうちに、不意に、朱月がスンと鼻を鳴らした。

「これは……おい真紘、待て！」

「あァン⁉」

「いいから待て、止まれ！」

急に真顔で制止され、体がビクリと硬直する。

すぐさま跳ね起きた朱月の目は険しく、毛を逆立てるように辺りを警戒している。鼻をひくつかせ何か匂いを探っているようだ。見通しの良い周囲には何も見当たらないが、朱月のただならぬ様子に自然と緊張が高まる。

「……いた！」

朱月が突然土手を走りだす。

「だ、誰がだ？　どこに⁉」

「昔馴染みなんだ！　向こうにいる！」

見渡せる範囲には誰の姿も見えなかったが、朱月の足取りに迷いは無い。真紘も慌ててその後を追いかける。少し行くと、肩まで黒髪を伸ばした長身の男が一人、川の中をよろよろと歩いてくるのが見えた。

「初瀬《はつせ》！」

濡れるのも構わず朱月が川に飛び込み、男の傍に駆けつける。

男の風体は、息を呑むほど荒れ果てたものだった。

元はきちんとした着物だったのだろうが、ほとんど裸に端切れが引っかかっているだけのような有り様だ。歩きにくそうなのは、足首まで水に浸かっているせいだけではないらしい。引きずり方から察するに、右足を怪我している。

いや、右足どころではない。露わな胸も不自然に垂れ下がった左腕も、それを支える右手や顔にも、腫《は》れ上がるほどの打撲痕や痣《あざ》が見える。中には、肉が覗くほど深い切り傷もあった。こめかみの辺りが赤黒いのは、恐らく出血が固まったものだろう。

ぼろぼろの着物に全身の傷。手酷い暴行を受けたことは間違いない。虚《うつ》ろな目をする男の肩を、朱月が掴んで激しく揺さぶる。

「おい初瀬、初瀬だろ？　俺だよ、朱月だ。おまえが帝都で行方をくらましたって心配してたんだ。……なあ、いったい何があったんだ？」

朱月が早口でまくし立てるが、初瀬と呼ばれた男の反応は鈍い。

朱月の方を向いてはいるものの視線が泳いで、すぐ傍にいる彼に焦点を合わせられない。強張った表情で、うう、とも、ああ、ともつかない嗄《しゃが》れた呻き声を漏らしている。

「……見えてない、のか？」

愕然とする朱月と同じ結論に真紘も至る。ともすると、耳も声も駄目になっているのかもしれない。

一体どれほどおぞましい目に遭ったのか。見た目だけでも酷い有様なのに、明らかに正気を失っている様子の初瀬に、親しい間柄らしい朱月が動揺しないはずが無い。

「初瀬、何で……」

混乱と焦燥と哀しみと怒りと、綯《な》い交《ま》ぜになった茫然自失の表情で朱月が呟く。初瀬を掴んでいた腕も行き場を無くし、中空に置き去りになっている。

と、忙しなく辺りを見回していた初瀬が、急に奇声を上げて走りだした。

「ま、待てよっ！」

咄嗟に、朱月が初瀬の左腕を掴む。

途端に初瀬は絶叫に近い悲鳴を上げ、その場にへたり込んだ。

「触るな朱月、腕が折れている！」

「何だって？」

痛みに触発されたのか、初瀬が水を蹴立ててのたうち回る。

朱月はただ見ていることしか出来ず立ち尽くしていたが、初瀬の苦悶が激しさを増し、その呻き声がさながら獣の唸り声のようになってきたところで、ハッと何かに気づいた。

「い、いけない、駄目だ！　それだけはやめろ、耐えるんだ初瀬！」

取り乱して助け起こそうとした朱月を、暴れる初瀬が突き飛ばす。それが自由を失っていたはずの左腕であったことで、朱月の顔から血の気が一気に引いた。

「やめろ初瀬！　一度狂っちまったらもう、元には戻れないんだぞ！」

空の紫が色を濃くして群青に。辺りの暗さが刻一刻と深まっていく。

夜の訪れを察したように、朱月と初瀬の黒髪が、頭頂から毛先へと漂白されていく。瞳の色も気づけば紅色。夜叉の姿となった初瀬の体が、苦しみながらも劇的な変化を起こしていく。

傷が、みるみる回復しているのだ。

折れていたはずの腕が治り、傷口が塞がって痣が消えていく。

しかし苦悶の表情は変わらない。頭を抱えて身を捩り、喉から血が迸りそうなほどの悲鳴を上げ続けている。

「一体、何が起きているんだ？」

茫然と呟く真紘に、川に尻もちをついたままの朱月が拳で水面を打つ。

「狂化だ……！」

またあの言葉だ。

今を置いて、問い質す機会は他に無い。

「朱月、キョウカとは一体何だ？　彼はどう見ても尋常じゃない。教えてくれ、朱月！」

朱月の横顔が、苦々しく歪《ゆが》められる。

「……体や心への極度の苦痛によって、我を忘れた夜叉が陥る恐慌状態。筋力や回復力が爆発的に高まる代わりに、理性と正気を失うんだ。人の精気を肉体ごと食い漁る、本能だけに従うバケモノと化す。……おまえらが普段『夜叉』って呼んでる奴らは、皆この狂化なんだよ」

狂化。――――これが、自分達が討伐してきた『夜叉』の正体。

初瀬の丸めた背中や腕の筋肉が隆起していく。声も徐々に人の悲鳴から獣の唸りへと変じていく。極限まで見開いた紅い瞳は内側から発光するように輝きだし、紅玉に見紛うあの禍々《まがまが》しい光を帯び始めた。

文字通り身も心も狂っていくさまを、今まさにまのあたりにしている。どんな獰猛な夜叉と対峙《たいじ》しても怯えたことなど無かった真紘は、初めて背筋が凍りつくのを感じた。

「……元に、戻せないのか？」

とつとつとこぼれた問いに、朱月は苦渋の表情でかぶりを振る。

「一度箍《たが》が外れたら二度と元には戻らない。だから掟に定められてるんだ。狂化した夜叉は、災いを齎《もたら》す前に同胞が……俺が、殺さなきゃならない。……ならない、けどっ！」

吐き捨て、跳ね起きた朱月は再び初瀬に掴みかかると、両肩を激しく揺さぶった。

「おい、一体何があった⁉　おまえをこんなにしたのは誰なんだよ、なあってば！」

「ガアアアッ！」

「朱月！」

必死に呼びかける朱月の首を、初瀬は片手で鷲掴みにして高く掲げた。首を絞められ顔を歪める朱月を、まるで人形のように遠くへ投げ飛ばす。朱月の体が川に叩きつけられ、大きな水飛沫が上がった。

初瀬が遠吠えのように咆哮する。両腕を天に捧げ、真紘が殲滅してきたのと同じ『夜叉』の姿となった初瀬を、朱月が茫然と見上げた。

「本当に俺がわからないのか……？」

戦慄《わなな》きかけた唇を引き結び、くそっ！　と拳を握り締めた朱月が諦めずに立ち上がる。

また初瀬に駆け寄ろうとした朱月を、真紘は咄嗟に腕を掴んで引き留めた。

「離せっ！　あいつを元に戻すんだ！」

「それが出来ないと言ったのはおまえだろうが！」

「わかってても諦めきれるかよっ！」

意志のこもった大声に気圧《けお》され、手を振り払われると同時に真紘は悟った。

初めて出会った時、朱月は同胞を殺すのではなく救おうとしていたのだ。狂化した姿を見てもなお希望を捨てず、呼びかけて正気を取り戻そうとしていた。今だって、緊張と焦《あせ》り、不安の入り交じった表情をしながら、それでも立ち向かおうとするのを彼はやめない。

「俺は、二度と同胞を殺したくない。……俺なら出来るはずだ」

（朱月……）

真剣な眼差しで夜叉を見据えた彼の横顔にあったのは、自分が桂城のために燃やし続けているのと同じ、熱い信念だ。同胞を救いたいという真っ直ぐ過ぎる意志の炎を垣間見て——真紘は、どうしようもなく胸が高鳴るのを感じた。

「グルルウウ……」

初瀬の低い唸り声に漲るのは、飢餓からくる野生動物の攻撃性だ。完全に理性を手放し狂化夜叉となった初瀬が、真紘という人間を見つけて狙いを定めた。数メートルの距離を一蹴りで飛び越え、長い爪をもつ両手を振りかざして中空から襲いかかる。

「させるかっ！」

咄嗟に真紘を背に庇った朱月が、跳んできた初瀬の腹に拳を叩き込む。悲鳴を上げて落下した初瀬に、すかさず朱月が第二撃を振りかぶる。

「うらあっ！」

だが初瀬は後ろに回転して跳ね起き、それをかわした。

「ちっ！」

朱月を厄介な障害と認めたのだろう。初瀬は四つん這いになると、猟犬のように素早く斜面を駆け上がり、土手の道を逃げていく。

「逃がすかよ！」

「朱月！」

それを追った朱月も俊足で、真紘は駆けだしたものの追いつけない。

あっという間に見えなくなった二つの影にどうするべきか困惑していると、背後から、場所に不釣り合いなエンジン音が迫ってきた。

「あれは……」

バスやタクシーが走るこの帝都だが、個人で自家用車を所有している者はほとんどいない。なので車自体が目立つものであるし、何よりその車体は見覚えがあった。

桂城の——総隊長としての兄の乗る車だ。

非合法とはいえ機動性が必要とされる特殊な任務に就いているため、政府の某《なにがし》より支給された輸入車である。その車が、真紘のすぐ傍で停まる。驚く間もなく後部座席の扉が開き、顔を出したのは、予想しつつもこの場にいるはずの無い人だった。

「真紘、よかった。行き合えるとは幸運だ」

「兄、上？」

運転席でハンドルを握っているのは、制服に身を包んだ司令部隊の隊員だ。助手席と後部座席に付き添っているのも同様である。

助手席の隊員は素早く車を降りると、持っていた刀を真紘に手渡した。真紘が出撃の際に使う、愛用の日本刀である。

「この付近で夜叉の目撃情報が入った。隊服に着替える時間が惜しい。このまま出撃してくれるかい？」

「りょ、了解しました」

答えながらも、脳裏に一瞬、疑問が過ぎった。

砂金のごとき星が煌《きら》めく紺色の宵空。陽が沈んでから——朱月と初瀬の姿が変じてから、ほとんど時間は経っていない。川と土手道しか無いこの辺りは見通しも良いし、多少遠くでも人がいたら気づくはず。

――一体、誰がいつ「目撃」を？


「真紘？」

兄の呼びかけに我に返る。

真紘はすぐさま疑問を振り捨て、ブーツの踵《かかと》を打ち鳴らして敬礼した。

「桂城真紘、夜叉討伐を開始します！」


攻撃部隊には既に出撃命令が下されており、ほどなくして真紘は部下達と合流した。

いつかの桜並木のように、宵闇の街を隊服姿の一群がひた走る。

板塀の連なる平屋住宅の通りには、暮れる前のこの時間、まだ多くの人通りがあった。騒ぎになっていないところを見ると、初瀬が逃げていったのは別の道かもしれない。焦りながら角を曲がり、次の通りに入る。

夜叉が人を食うのはその血肉を求めてだと思っていたが、朱月の話から察するに目的はむしろ精気のようだ。夜叉にとって人間の精気は最上級のご馳走。普段は理性で食欲を抑えているものの、狂化し、本能が剥き出しになるとその安全弁が壊れる。

『災いを齎す前に同胞が……俺が、殺さなきゃならない』

だから夜叉は、理《ことわり》から外れてしまった同胞への制裁を設けているのだ。本能より情を重んじる。夜叉が人を捕食する存在でありながら、人から離れていったことの意味を噛み締める。

まずもって兄に、狂化について話すべきだっただろうか。

通常の夜叉は人間と変わりがなく、自分達が斬ってきたのは狂ってしまった哀れな姿。夜叉と協力すればいっそ討伐隊を解体出来るのだと、先に説明すべきだったかもしれない。

だが、わざわざ出向いてきた兄に刀を渡されては、口を挟めるはずもない。それに何より、一人で追いかけていった朱月の身が案じられた。

最初の夜に見た通り、朱月は狂化夜叉と素手で渡り合えるほどの腕力と格闘術を備えている。心配なのは体ではなく、心の方だ。

手に掛けた同胞の傍らに佇《たたず》む、哀しみに満ちた背中を思い出す。

あんな想いを二度と味わわせたくない。そう思うほどには自分は彼を「知って」しまった。彼の同胞を救いたい、彼の心を傷つけたくない。叶わないならせめて、彼に代わって自分が、狂ってしまった初瀬を――。

(……今の私に朱月の同胞を殺せる、のか?)

ツキンと胸に痛みが走る。

迷うこと無く抜き放ってきた腰の刀を、初めて重く感じた。

入り組んだ路地を抜け、家の軒先がぶつかり合いそうなほど狭い裏道を抜けると、先程の川の下流に出た。

小さな橋の上に揉み合う人影を見つけて、真紘は、咄嗟に上げそうになった声を呑み込む。

（朱月……！）

夜叉が朱月の背中を欄干《らんかん》に押しつけ、首を絞めて橋から落とそうとしていた。

着物ごと食い破られた朱月の肩が、赤く染まっている。もがくものの首に食い込んだ手の力は弱まらず、仰《の》け反《ぞ》った体は今にも川へ突き落とされそうだ。

部下の一人が慌てて別働隊を呼ぶ笛を鳴らす。その甲高い音が響くより先に、真紘は橋へと駆けだしていた。

「そいつを離せっ！」

走りながら刀を抜き、そのまま白刃《はくじん》を初瀬へ振り下ろす。

突如現れた闖入者《ちんにゅうしゃ》に、初瀬は殺そうとしていた朱月から手を離して後ろへ跳んだ。腰を落として威嚇するように唸った初瀬を、次々に抜刀した隊員達が取り囲む。

解放された朱月はその場にへたり込み、肩で息をしながら周囲を見渡す。居並ぶ制服の男達に状況を理解したのだろう。自分を見つけた途端、まひろ、と動きかけた唇が慌てて閉じた。

こちらも負傷した彼が心配だが、隊員達がいる手前駆け寄るわけにもいかない。

と、隊員の一人が突然切っ先を翻した。

「っ！」

不意打ちのサーベルが狙ったのは朱月だ。

「ま、待てっ！」

咄嗟に避けた朱月は切っ先が髪を掠る程度で済んだものの、一瞬真紘の意識がそちらに逸れた。その隙を突くように初瀬が襲いかかり、反応の遅れた真紘を横にいた隊員が庇う。

「くっ……！」

先に動いた初瀬へと、隊員達が一斉に攻撃を開始する。

朱月に斬りかかった隊員はサーベルを構えてさらに彼を追う。

「負傷しているこちらの夜叉を先に潰します！」

夜叉、と言われて真紘はハッとした。

そうだ、隊員達から見れば、二匹の夜叉が争っていただけだ。弱った方を先に仕留める判断を、かつての自分は迷い無く下しただろう。

だが、今の自分は彼らの名前を——朱月が朱月であることを知っている。

「やめろ！」

思わず真紘は隊員の腕を掴んだ。

隊員と朱月が、同時に困惑の表情を向ける。

「……そいつは、私がやる」

隊員を押し退けて刀を持ち直すと、殊更大きく振りかぶって朱月に襲いかかった。

「……っ！」

脇に隙を生むほど大仰なのは、切っ先の軌道を明確にするためだ。朱月もそれを瞬時に悟ったのか、攻撃から紙一重で逃げてくれる。常より拙《つたな》い剣技で朱月を追い回しながら、初瀬や隊員達から離れるように誘導した。

自分と朱月、隊員達と初瀬の繰り広げる大立ち回りに、古そうな橋の板がぎしぎしと軋む。ぎゃあっ、と背後で悲鳴が上がった。続いて大きな水音。誰かが川に落とされたらしい。しかし真紘は振り返らない。ただ目の前の朱月しか見えない。

(逃げろ、朱月っ)

白刃を閃《ひらめ》かせながら、真紘は声に出さず朱月に訴える。

しかし朱月は険しい視線でそれを拒む。

(俺じゃなきゃ、誰があいつを元に戻すんだ！)

食いつかれた時に精気も吸い取られたのだろう、負傷以上に朱月の疲労の色が濃い。防戦一方の足元もふらついている。

(おまえに……また同胞を殺させたくないんだっ！)

横に転がって避けた朱月をわざと外し、刀を欄干に叩きつける。刃を食い込ませたのは狙い通りだ。逃げる時間を与えるため敢えて動きを止めた自分に、朱月が、一瞬涙を堪えるような顔を見せた。

「……ありがとな、真紘」

逃げるどころか、何故か肩を抱き寄せてきた朱月の、熱い囁きが耳に触れる。

気づいた時には、鋭い犬歯で首筋に噛みつかれていた。

「あっ……」

僅かに滲んだ鮮血と彼の唾液が混じり合う。舌先でそれを舐め取られた途端、ぞくりと疼きを感じると共に体中の力が抜け落ちた。

「う……」

目の前が暗転し、膝から前のめりに崩れ落ちる。

精気を吸われたことは想像に難くなかった。初瀬に奪われた力の回復と、自分の足止めを一息にこなした朱月は、倒れた自分をその場に残して、交戦中の初瀬と隊員達の間に躍り入る。

乱入してきたもう一匹の夜叉に、隊員達はどちらを攻撃すべきか混乱したようだ。

その隙に朱月が初瀬の頬を殴り飛ばし、そのまま押し倒す。

「グゥアアアッ！」

初瀬が叫んで威嚇する。夜闇の中でもわかるほど、見開いた両目が紅く爛々と輝く。

朱月は暴れる初瀬を押さえつけながら、「初瀬！」と名前で呼びかけた。

「落ち着け、戻れ！　戻ってくれよ！　一緒に帰ろう、なあ？」

決死の叫びにも、しかし初瀬から答えは無い。牙を剥いてまた食らいつこうとする。

「ぐっ……！」

初瀬の拳が、圧し掛かる朱月の鳩尾《みぞおち》に叩き込まれた。顔を顰めた朱月の肩の傷に初瀬が噛みつく。牙を食い込ませ血を噴き出させながら、ごろりと転がり朱月を下に組み敷いた。

苦痛に顔を歪める朱月の唇が戦慄き、初瀬を押し返そうと突っ張る腕から、みるみる力が抜けていく。

（朱月……朱月！）

「真紘様っ！」

立ち上がろうとして果たせないでいた真紘の腕を、冷たい手が引き起こした。

手を貸してくれたのはずぶ濡れの隊員だ。恐らく先程川に落ち、再び橋の上に戻ってきたのだろう。その隊員を案じることも思いつかないほど、真紘の頭の中は朱月でいっぱいだった。

朱月が反撃もせずに苦しんでいる。助けようとした同胞に殺されかけている。

だめだ、いけない、朱月を傷つけたくない。自分が何とかしなければ。

彼は、朱月は、自分が。


――守らなければ。


「う、おおおおおっ……！」

欄干に食い込んだままだった刀を、力任せに引き抜く。

囲む隊員達の前へ躍り出て、気迫と共に刀を振り下ろす。

初瀬が顔を上げた。

その体の下に、朱月の蒼白の顔が見えた。

――やめてくれ、真紘っ！

「………！」

声なき叫びが耳に届き、初瀬の首へと一直線だった切っ先が僅かに逸れる。

その隙が反撃を許した。

「！」

下から襲いかかってきた拳を、身を捩って紙一重でかわす。だが、逃げ遅れた後ろ髪を鷲掴みにされる。首を抜かれそうなほど強く引かれたと思った瞬間、宙に浮いた体が、遠心力で背中から欄干に叩きつけられた。

「かはっ……！」

衝撃で息が止まる。

刀を取り落とした橋板に、今度は顔面からぶつけられた。

「……！」

鼻がひしゃげたと思えるほどの圧倒的な痛み。

伏せたまま動けないでいる体の上へ、影が圧し掛かかる。引き起こされた首筋に生温い息。

吹きかかった途端、灼熱《しゃくねつ》の槍で首を貫かれた。

「……っ！」

大口で噛みついた初瀬の牙が、皮膚を深々と破る。

先刻朱月に噛まれたのとは比較にならない。朧月夜に食われかけた時と同じだ。ぞっと冷たい恐怖を感じる間も無く、溢れた鮮血と共に精気が啜り取られていく。

「ぁ……」

急激に体の力が抜ける。

黒く霞んでいく視界に見えたのは、囲む隊員達でも自分を殺そうとする初瀬でもなく、倒れたまま驚愕に目を見開き、自分を見上げる朱月の顔だった。唇を引き結んだそれは恐らく――覚悟を決めた顔だった。

「――――……‼」

ほとんど暗転した世界の中、耳をつんざく悲鳴を聞いた気がした。

体を取り落とされる。俯《うつぶ》せに倒れ込む。何が起こった、と首だけ動かして見上げた先に、背後から初瀬を羽交い締めにする朱月がいた。もがく初瀬の動きを封じ、血管が浮かぶほど力を込めた腕で頭蓋《とうがい》を抱きかかえる。首を固定し、抱いた頭を斜め後方に捻《ひね》り上げていく。気道を絞めつけられた初瀬がさらに暴れる。しかし朱月は力を緩めない。

（……ぁ、か……つき……）

朱月が一瞬、顔をくしゃりと歪ませた気がした。

胸を突くほど深い哀しみに満ちた瞳からこぼれる――――。

「……ごめんな、初瀬」


――――涙。


「……！」

バキィッ、と骨の捩じ折れる音が響いた。

断末魔の悲鳴すら上げず、初瀬の目から命の紅い光が消え失せる。

息を呑むことすら憚られるほどの静寂ののち、朱月は骸《むくろ》となった同胞の体をゆっくりと仰向けに横たえ、見開かれたままの瞼をそっと閉じた。

厳かに伏せられた瞳が、近くに転がっていた真紘の刀を捉えた。彼が刀を手に取るに及び、呆気《あっけ》にとられていた隊員達がハッと我に返ってサーベルを構え直した。だが朱月は刀を武器とはせず、刃を短く持って初瀬の髪を一房切り落とす。

遺髪、のつもりなのだ。そうか、朧月夜の時もそうだったのだ。

掌に残った死者の髪を、朱月は一瞬だけ見つめる。それを固く握り締めると、疾風のごとくその場を逃げ出した。

「お、追うぞ！」

「待てッ！」

一人の号令で隊員達が一斉に走りだそうとしたのを、欄干に縋りながら立ち上がった真紘が鋭く制止した。

「私が……追う。手を出すな」

「ま、真紘様、しかし……！」

「これは私の仕事だ！」

肩で息をしながら叫んだ真紘に、隊員達が動揺でどよめく。

精気を奪われたせいでくらくらするが、そんなもの意志があればどうということはない。よろけそうな軟弱な脚を叱咤《しった》し、背筋を伸ばす。刀を拾い上げると、それを鞘《さや》に収めた。

自分が迷ったせいで、また朱月に同胞を殺させてしまった。朱月の哀しみを知っていた自分が目の前にいたのに、朱月にまた一番辛い仕事をさせてしまった。――何より誰より、不甲斐ない自分が許せない。

真っ直ぐ見据えるのは、朱月が去った薄暮の向こう。

「……あの夜叉は、私が何とかする」

言い捨てて、真紘はまた宵の街を走りだした。

■

暮れて暗さを深めていく夜空の下を彷徨《さまよ》う。

人通りの多い大路は避けるだろうと踏んだのが功を奏し、ほどなくして、とぼとぼと無防備に歩く朱月を見つけた。そもそも遠くに行こうという気は無かったのかもしれない。項垂れて、夜とはいえ白い髪を隠しもせずにいる。

「朱月！」

呼ぶと、振り返った彼が眉根を寄せて駆けだした。

「逃げるな！」

答えず、彼は近くにあった石段を駆け上がる。

追いかけるとそこは、鬱蒼《うっそう》とした木々が囲む荒れた何かの敷地だった。

足元の雑草の丈が長い。恐らく御一新直後に破壊され、そのまま打ち捨てられた寺院跡だろう。あちこちに転がる石の塊は、元は石仏や石塔であったものかもしれない。

荒廃した境内《けいだい》の奥、一際大きな椚《くぬぎ》の木の下で、ようやく朱月が足を止めた。

追いついて、息を切らしたまま肩を掴む。振り返らせた顔は暗がりでよく見えない。だが、泣いていることくらいはわかる。

吐息が、震えていたから。

「……俺が殺した」

違う、とは言ってやれない。

「また俺が殺したんだ。俺が、俺が……」

広げた両掌を見つめながら低い声で呟き続ける朱月に、真紘は苦々しく顔を顰める。

「連れて帰るって大見栄切ったのに……。残りの奴らも全部、俺が殺しちまうんだ……」

「極端なことを言うな。落ち着け、朱月」

「だったら……殺してしまうくらいなら……俺が殺された方が、マシだろ……」

「黙れっ！」

一歩踏み出した勢いと体重を拳に乗せて、朱月の頬を殴り飛ばす。

ぐらり、と傾いた体が抵抗すら見せず草むらに倒れた。

踏み止まりもしない弱々しさが無性に腹立たしい。胸倉を掴み、無理矢理引き起こす。

「そんなに自分が許せないか！」

「……許せない」

唾を飛ばして怒鳴りつけても、蚊《か》の鳴くような囁きでしか返されない。

あんなに強い光を湛えていた瞳が今は虚ろだ。噛み締めた奥歯が悔しさで軋む。

「ならば、私のことも許すな！」

「……え？」

「私はおまえの同胞を害獣と見なし、情けもかけずに惨《むご》たらしく殺してきた。どうだ、憎いだろう⁉」

乱れた長い前髪の奥で、紅い瞳が驚愕に見開かれる。

何か紡ごうと震えた唇が、しかし躊躇に引き結ばれて何も言わない。責めてもいい相手が目の前にいるのに、彼は、罵る言葉を彼自身にしか向けないのだ。

「狂化した者にとって、死は掟である前に救いだと……前に言っていたではないか」

彼の家で抱き締められた時、夢現で聞いた言葉を思い出す。

討伐隊の自分が口に出来たことではないのに、項垂れた彼に何か言葉をかけたくて、つい言い募ってしまう。

「元に戻せないのなら、仕方の無いことだ。おまえのしたことは間違っていない」

「……わかってても割り切れねえもんが、あるだろ」

視線を逸らした横顔は、慰めを拒絶していた。

どうしようも無く、胸が苦しくなる。

同時に、情の深さと責任感の強さが、朱月の根幹なのだと思い知る。

彼の同胞は彼を強い者として頼り、同胞を愛する彼はそれに応え続けてきたのだろう。見つけ出さなければならない、救わなければならないという一途な想いが、彼をより一層強くしていたのだ。

なのに彼は、一番大事な同胞を自らの手で葬らなければならなくなった。辛いことも役目だからと我慢して、守りたい者を殺した。

弱さの逃がしどころを知らないまま、それでも平気な顔で同胞を捜して、討伐隊の隊長である自分の元へ情報を求めて来たのも、今考えれば危険を冒してのことだ。

そうやってやっと巡り合えた同胞を、彼はまた殺してしまった。

「……情けねえなあ、俺」

横顔からぽつりとこぼれた呟きに、自嘲が滲む。

「言うことばっかでかくて……本当は、何にも出来なくてさ」

そんなことはない。おまえの弱さは卑怯者がもつような、卑しい弱さではない。

言ってやりたいのに、届かないかもしれないと思うと怖くて口に出来ない。彼が自身の闇の中に落ち込んで、自分を見てくれないのが辛い。慰めようとしても聞き入れてもらえないのが、切なく、そして腹立たしかった。

「……っ！」

気づいたら、掴んだ胸倉を強引に引き寄せていた。

「な、んだよ……？」

ぶつけるように奪った唇は冷たく、触れ合った頬は涙で濡れている。輪郭がぼやけるほど近くに虚を突かれた彼の顔があって、その瞳がこちらを向いていることに安堵《あんど》した。

――ああ。やっと、自分を見てくれた。

「……気を紛らわせてやってるだけだ」

わざと素っ気なく言うと、余計な穿鑿《せんさく》をされる前に再び彼の口を塞いだ。

目を閉じて、開いたままの口内へ舌で押し入る。粘膜の熱さを感じながら、彼を真似して門歯の並びを舌先で辿るものの反応が無い。焦れて、もっと深く求めようとしたら、急に腰を抱き寄せられた。

「んっ……！」

覆い被さるように、噛みつく口づけを返される。あっという間に主導権を奪われ、搦《から》め捕られた舌が、粘液を纏った肉厚の彼のものに翻弄された。

きつく抱く彼の腕の中に、体が丸ごと閉じ込められた。大きな掌が腰を抱き直し、脇腹から尻にかけて性急に撫で回す。太腿の内側まで侵入されて、ぴりぴりと引き攣るような快感が脚を硬直させた。

「んうっ……はっ……」

震える息は容易く上がってしまって、足元はもう立っていられないほど覚束ない。

しかしそれは、激しい口づけのせいだけではなかった。初瀬に負わされた傷と精気を奪われたせいなのだと、抱いた体に力が入っていないことで彼も気づいたらしい。

「そんなふらふらなのに……無茶しやがって」

おまえに言われたくない、という憎まれ口が、今度はしっとりと重ねられた唇に封じられる。

「ふっ……」

啄むようにまぐわう唇の間で、温かな精気が対流する。まるで獣が傷を舐め合うような労りの口づけに、瞳がとろんと蕩けていく。一度呼び覚まされた性感は、穏やかな唾液の交換にさえも快感を見出してしまう。もっと先が欲しくなって、気づいたら、彼の太い首に腕を回していた。

「……やめろよ、怪我してんだろ」

身を離そうとした彼を、抱き締めて引き留める。

頬を擦り寄せ、先を強請る。

「たいしたものではない。……偶には、私の言うことを聞け」

「……くそっ」

答える代わりに、彼は自分の背中を木の幹に押しつけた。

「……っ」

「今までしたようなことじゃ、収まらねえからな」

枝葉の間から漏れ落ちる月の光。両腕の檻で閉じ込める彼の切羽詰まった苦しげな表情が、青白く照らされている。

心臓の音がうるさい。どくどくと脈打つのは緊張か、それとも期待にか。

彼を見据えたまま、堅苦しいジャケットのボタンを全て外す。ベルトにも手を掛けて、手探りでそれを抜くと、刀諸共地面に落とした。

ゴクリ、と彼の喉が上下する。

「おまえの……好きにすればいい」

言い終わらないうちに、体を反転させられた。

頬を木に押しつけられる。ベルトを取り払ったズボンを下着ごと引き下ろされ、尻肉に生温かい吐息がかかったかと思うと、割れ目の奥に濡れたものが差し入れられた。

「ひあぁっ！」

ぬるりと舐められた感触で、それが舌だと悟る。敏感なところにとんでもないもので触れられて、思わず腰が跳ねた。

「や、そ、そんな……っ！」

内側の粘膜を撫でるざらついた感触が、さらに奥へと捩じ込まれる。

恐る恐る肩越しに振り返れば、尻の間に顔を埋める彼の頭頂部が見えた。

「好きにしろって、言ったよな」

顔を上げないまま彼が告げる。後孔に息が吹きかかって体が引き攣った。

「うっ……」

孔の縁を舐め回される悪寒と、後ろを唾液で濡らされていく気持ち悪さを必死に耐える。

しかしその嫌悪感の網の目から、徐々に滲み始めたのは未知の愉悦だ。舌で穿《ほじ》られ内側の肉壁を暴かれていく手酷い快楽が、下半身から伝って全身を震えさせていく。

「ひ、う……あうっ、んんっ、はぁあっ」

ぴちゃぴちゃと漏れる密やかな水音に、抑えられなくなった自分の吐息が交じる。支える腕が幹をずり落ちて、尻を突き出すような格好だ。

彼は入り口を舌で湿らせながら、舌先の届かないところは唾液を纏った指で拓《ひら》いていく。先日戯れに探られたのよりもっと深く、自分ですら知らない体の奥が熱い。指で擦られる度、切ない声が溢れて止まらない。

「あぁん……あ、だめ……あかつきィ……っ」

やがて指と舌とで時間をかけて解されたそこは、快感しか伝えない性器と化していた。

項垂れた目線の先に、股の間で揺れる自分の中心が見える。一度も触れられていないのに芯を得て、その先端はいやらしく先走りを滴らせていた。

今更の羞恥に頬が染まる。その背中を、彼の逞しい腕が抱き締めた。

「立って、られるか？」

耳の裏にかかる、彼の吐息が震えている。興奮しきった熱いそれに背筋がゾクリと戦慄いて、本当は膝が崩れ落ちそうなほど力が抜けていたが、幹に縋りつきながら頷いた。

「力……抜いとけよ」

散々弄られてじんじんする尻の割れ目に、硬くて丸い先端が押し当てられる。上の口で頬張ったあの太くて硬いものが脳裏に甦り、予感に身を強張らせた自分の耳に、彼が低く囁いた。

「……ごめんな」

「あっ――――……っ！」

ぐっ、とかつてない質量が押し入ってくる。

予想を遥かに上回る衝撃に息が止まった。

狭い肉壁は解したことなど無意味なほど侵入者を拒み、しかしその内側を、彼の灼熱が無理矢理拓いて貫いていく。

「あぅ、んっ、うっ……！」

突き上げるように何度も揺さぶられ、その度にブーツの踵が浮く。硬い幹に押しつけた頬がこすれて細かな傷をつくる。立てた爪の間を、剥《は》がれた樹皮がちりちりと刺した。

快感も、もしかしたら拾えていたのかもしれない。しかし内側を抉《えぐ》られる凄絶な痛みと圧迫感がそれを完全に上回り、耐える苦悶が脂汗《あぶらあせ》さえ浮かばせる。

「真紘……ま、ひろ……」

だというのに、胸の内に溢れるのは、慈愛にも似た温もりだった。

いつだって傲岸不遜《ごうがんふそん》な態度を崩さなかった彼が、涙交じりの弱々しい声で自分を呼ぶ。堪えきれない嗚咽《おえつ》を漏らして、自分に縋りついてくる。

それを――――嬉しい、と感じてしまう。

「うっ、ふぅっ……！」

灼熱と化した彼自身で何度も穿《うが》たれる。体の中が灼けそうだ。

荒い吐息が耳殻《じかく》に吹きかかり、まひろ、まひろ、喘ぎながら何度も名を呼ぶ声に、悪寒と快感の入り交じったものが背筋を駆け上がった。

「……まひろ、悪い、ごめんな」

頬を擦り寄せながら、抱き締める腕に一層の力を込めて、自分を犯す男が詫びる。

「うる、さいっ……！」

「ごめんな……ごめん」

哀れみで体をくれてやっているわけじゃない。

伝えたいのに、限界へ上り詰めていくような激しい腰遣いに翻弄されて、口が上手に回らない。全身を揺さぶるほど激しく絶え間ない刺激。最早思考すらバラバラに散り惑う。

「やぁっ……！」

体を抱いていた手が急に、シャツの上から胸の飾りを摘まんだ。刺すような鋭い快感に思わず声を上げる。指で揉み潰されると、それは電流となって体中を痺れさせた。きゅうっ、と自分の中が収縮し、きつい締めつけにか、耳のすぐ後ろで彼が歯を食いしばった。

「くっ……！」

腰を振りながら、彼が胸への刺激を続ける。

気持ちいい、痛い、苦しい、でもやめないで。ただでさえドロドロに溶けていた思考が、もう真っ白になって何も考えられない。

「やっ……ひぁっ、あ……はっ……！」

太い雄と指に攻めたてられ、幹に縋りながら切れ切れの悲鳴を漏らす。

揺さぶられる度に、爪先まで宙に浮きそうだ。

「……真紘、こっち、向けよ」

余裕の無い掠れた声で彼が囁く。視線が勝手に肩越しの彼を探した。蕩けきった自分の顔を見て、同じほど息の上がった彼がうわ言のように名を呼んだ。

「真紘……」

分厚い掌が胸から腹、腰へと輪郭を確かめるように肌を辿る。指が食い込むほどきつく腰を掴むと、一際強く突き上げた。

「あぁあんっ……！」

背中が弓の形にしなる。

最奥に届いた彼が脈打ち、どくり、と熱いものが弾けた。

「んぅっ、ん、んあっ……あ、やっ……！」

達しながら、それでも彼は腰を振り立てるのをやめない。狭い肉壁の中、ぐちゅぐちゅと卑猥な水音が響く。溢れ出した彼の精液が、太腿へと伝い落ちていく。

「あ、だめだ、あかつき……あかつきイッ……！」

「……まだだ」

言葉だけの制止は、余裕の無い一言で振り払われる。

揺すられるのに合わせて頭が上下する。目の前にちかちかと火花が散る。

浅く繰り返す呼吸が侭ならない。

最早完全に勃ち上がった自身も、限界が近い。

「おまえ、も……俺の、咥えたまま……イケよ……」

「んぅんっ……！」

濡れた太腿を撫で上げた彼の掌が、そのまま股間へ滑り込んだ。頂点を求めて震える真紘自身を優しく握ると、吐精を促すように強引に扱く。

「あ、あー……っ！」

身を捩るように甘い悲鳴を喉から絞り上げて、真紘は朱月の手の中で激しく達した。

「あ……はぁっ、はっ……」

ぐったりと力の抜けた体も、心も頭の中も真っ白で――いや、朱月でいっぱいで、他には何も考えられない。自分が極めたのに合わせて一旦止まってくれたが、まだ出ていかないばかりか既に硬さを取り戻している彼の雄を、体内に感じて安堵すらしてしまう。

「真紘……」

首筋に、彼が鼻先とくぐもった声を埋める。

口づけたい。そう思うままに舌を突き出していたらしい。察した彼が、すぐに唇を重ねてくれた。

「ん……」

首だけ後ろに捻った無理な体勢で、舌と舌を絡め合う。

口づけの間に、彼が繋がったままの腰を抱え直した。

「……まだ、付き合えよ」

彼にとっては無理強いのつもりだったのかもしれないが、自分にとってもそれは望みだった。

頷くより先に、彼が情熱的な律動を再開した。

「あ、ぁんっ……はっ、あぁっ……！」

深まる夜闇の中に、あられもない自分の嬌声《きょうせい》と彼のくぐもった息遣いが散っていく。

激しい疲労と鈍痛と、何も見えないほどの酩酊感の中で、真紘は朱月が再び極めるまで、彼に全てを委ねていた。

六

「取り逃がした、ということかな？」

桂城邸の、今は討伐隊の本部として使われている義父の書斎である。

深夜近い時刻に帰還した真紘は、司令部隊の面々に取り囲まれ、執務机の兄と向かい合っていた。両肘を突いて指を組む兄の、訝しむ視線はやはり厳しい。表情を探られないように深く頭を垂れ、申し訳ありません、と謹直《きんちょく》に詫びる。

首元まできちんと整えた隊服の下には、朱月との情痕が生々しく残っている。股の奥を穿たれたいうなれば破瓜《はか》の鈍痛も、耐えるのがやっとだ。


初めてだというのに二度も中で精を吐き出された自分は、抱擁から解放されるや否や、支えにしていた木の根元にへたり込んだ。朱月の方は逆に冷静さを取り戻したのだろう、肩で息をする自分を案じてくれたが、誰かに見られてはまずいと早々に突き放し、先に行かせた。

自分がのろのろと寺院跡を出たのは、彼が去った随分とのちのことだった。砕けた足腰を無理矢理立たせて歩いてきたのだ。帰宅まで時間がかかったのは、言うまでもない。

「いつもより刀の冴《さ》えがなかったそうだね。夜叉を斬ることが怖くなった？」

怖いわけではありません、と言葉を選んだ自分に、兄は微《かす》かなため息をついた。

「……僕のせいかな。夜叉が人と同じような生き物であったと教えたことが、君の決意を鈍らせたんだね」

哀しげに目を伏せた兄に居たたまれなくなる。厳しい表情は怒りではなく、案じた末の強張りなのだ。

朱月に肩入れすることで、兄を困らせるだろうことはわかりきっていた。わかっていたのに自分は、同胞を殺めた朱月をどうしても独りにはしておけなかった。

「申し訳、ありません」

頭を下げたまま繰り返した自分に、兄は傍に立っていた部下に目配せする。頷いた部下は自分に歩み寄ると、ベルトから刀を外し、恭《うやうや》しく取り上げた。

「何をっ」

思わず手を伸ばしかけた自分を、兄が鋭い目線で制する。

「しばらく君を討伐隊から外す。臨時の隊長は藤代《ふじしろ》を任命。心が揺らいだまま討伐に出ては、凶悪な夜叉を仕留められないこともあるだろう。……異存は無いね？」

「……承知いたしました」

今一度頭を下げた自分に、椅子から立ち上がった兄が手招きする。

畏《かしこ》まりながら傍らに寄ると、羽で包み込むように抱き締められた。

「あ、兄上？」

子供の頃ならいざ知らず、成長した最近ではついぞ無かった触れ合いだ。

「次に刀を渡す時……それは、君が必ず夜叉を斬ってくれると信じた時だ。君は僕の刀。それを忘れないで」

戸惑う自分の肩に、彼は背を丸めて鼻先を寄せる。囁く声は優しさに満ち、それだけに、隠し事をしている後ろめたさが深まった。

「……忘れたことなど、ありません」

兄と出会ってからいつだって、自分という存在は兄のためにあった。

それは今でも変わらない。――――変わらない、けれど。

■

隊長職を停止されてから幾日かが経った。

案じていた夜叉の出現はまた途絶え、比較的日々は平穏に過ぎている。

朱月には、あの夜以来会っていない。不用意に外出して兄に見咎められることは避けたいし、大体、彼の住み処を知らない自分が、どうやって会いに行けるというのだろう。

自分と彼には、何ら約束が無いのだ。仮に朱月が目的を果たして故郷に帰ってしまったら、帝都に生き帝都に骨を埋めるだろう自分とは、二度と顔を合わせる機会も無いに違いない。

（それを……私は惜しんでいるのか？）

肯定も否定も出来ないほど、心は迷っている。

はあ、と重いため息をこぼし、真紘は読んでいた本を閉じる。

このところ、部屋にこもりがちだ。今日も自室の机で読書を試みていた。

読み書きを習うようになったのは、当然桂城の家に来てからだ。一度文字を覚えだすと、貪るように家の蔵書を読み漁った。兄も読書が好きな人で、薦められるままに彼の本棚を読破し褒められたものだ。

無聊《ぶりょう》を慰めるべく手にした今日の本も、元は兄のものであった外国の詩集だ。韻律《いんりつ》の美しさを兄に習い、流暢《りゅうちょう》な外国の言葉を耳で覚えた。しかし今日は目が文字の上を滑り、開いては閉じ、閉じてはまた開きと、どうにも集中出来ない。

心ここにあらずだと、いい加減自分でもわかる。

読書を諦めて椅子から立ち上がると、何となく窓際に歩み寄った。

二階の窓から見えるのは、見慣れた街並みと曇りがちな晩春の空。窓硝子《まどガラス》にうっすら映る己の顔は、陽射しを押し込めた雲のように憂鬱さを帯びている。

彼に出会った頃には咲き乱れていた桜も、既に散り終えてしまった。一雨ごとに季節が移っていくこの帝都で、彼は今どこで何を、誰を思っているのだろう。

「少なくとも、私のことでは無いだろうよ」

呟いてしまった自分に呆れる――けれど、何を見ても何を聞いてもどうしたって、頭の中を占めるのは彼のことばかり。唇を肌に這わせ口づけられた鬱血も繋がった体の鈍痛も、既に消えてしまったのが寂しくて堪らない。

（……わかっているんだ）

もう、気持ちを誤魔化しきれないところまできている。

兄のため、討伐隊を解体するために夜叉の秘密を探ろうと、前はその目的が第一だった。だが今は、そんなもの彼に会うための口実に過ぎない。

「……朱月」

目を閉じて名を呼ぶと、瞼の裏に映る彼が不敵に微笑んだ。

――『真紘』

「……会いたい、朱月」

聞き取れないほど小さな声。しかし確かに紡いでしまった唇に、そっと指を這わせる。

ほんのりとした温みに柔らかさ、その押し返す弾力。

歯列の隙間から忍び込ませた指先に、唾液を纏った舌を絡ませる。転がすように舐め回してぴちゃぴちゃ音を立ててみるものの、すぐ物足りなさを感じ吐き出してしまう。

これじゃない。こんな細くて冷たいものじゃ、何も感じない。

「……ぁ……んっ」

窓に背を押しつけながら両掌で頬を包み、首から胸許へ手を滑らせる。円を描くように掌で撫で回して、臍周りから脇腹を辿って腰の輪郭をなぞった。服の上からの緩い刺激にさえ、体は快感として求めだす。わざと甘い声を出してみたら、容易く気持ちが昂《たかぶ》った。

朱月が触れたようにしてみたくて、けれどあまりよく覚えていない。病院で襲われた時からずっと翻弄されっぱなしで夢中になって、雄を隠しもしない声で囁かれるともう、思考がドロドロに溶けて骨抜きにされたから。

『真紘』

「あぅ……ん、ふうっ……」

股間に手を伸ばすと、そこは既に期待で熱を帯びていた。

ズボン越しに揉み始める。初めは恐る恐る、しかし徐々に大胆にまさぐりだす。

「あ、ちが……ちがう、こんなんじゃ……！」

これじゃない、もどかしい。彼はこんな拙い手つきではなかった。

触れてくれるなら誰でもいいわけじゃない。それが朱月だからこそ身も世も無く乱れたのだ。

それはある意味屈辱で、しかし最早望みでもある。

「あ、ぁ……あか、つき……っ」

堪らず股間を寛げて、取り出した自身を直接扱く。

気持ちいい、腰が勝手に揺れる。膝から力が抜けて、立っているのが辛くなった。

「ぁ……だめ……」

もつれる足でベッドに倒れ込む。

横向きになって背中を丸め、濡れ始めた先端を指で包んでぐにぐにと苛めた。

「はっ……あ、あふっ……」

彼に触れたい。彼の声が聞きたい。抱き締めてほしい、口を吸ってほしい。

体だけじゃない、その心にも触れたい。

彼が喜ぶのならその傍らで見守りたい。哀しむのならその傷が癒えるまで寄り添い慰めてやりたい。意地悪く口角を上げた微笑みも、楽しそうに大口を開けて笑う豪快さも、喧嘩腰で言い返してくる子供っぽいところも。そして、荒々しく自分を求める余裕の無い顔も。

「あか、つきぃ……！」

――おまえが、欲しい。

「あぁぁっ……！」

切ない悲鳴を上げ、初めて自身の愛撫で達した。

「……はあ、ぁ……はあ」

余韻で体中が痺れている。手の内に放った白いぬめりと、首筋や額にうっすら浮かんだ汗。布団に顔を伏せて乱れた呼吸を落ち着かせながら、真紘は、一つの決意を胸に抱いていた。

■

桂城の養子となって以来——いや、兄に拾われてからずっと、自分のために屋敷を出ることは無かった。兄の指示や付き添いで、または討伐や調査のための外出ばかりで、行動の理由にはいつも兄がいた。

しかし今、こっそりと屋敷を抜け出したのは、間違い無く自分自身のためだ。謹慎を言い渡されているわけではないが、それでも人目につかないよう注意を払って家を出た。向かう先は自分でもわからない、それでも彼の元へと走りたかった。

闇雲に捜すには帝都は広過ぎるので、まず二人で話した川岸へ向かった。いてくれればと淡い期待を抱いて足を運んだが、当然ながら彼の姿は見当たらない。次に、彼の涙を見た神社に行ってみる。途中あの橋を渡ったが、袂にまだ新鮮な菊の花が二輪転がって——いや供えられていた。初瀬以外にも、誰かがここで命を落としたのだろうか。

それから入院していた病院と、カフェーにも足を伸ばしたが、全て空振りだった。最後に向かったのは浅草だ。掏摸の少年に遭遇した日同様人通りが多く、人混みの中を懸命に捜したが、彼を見つけることは出来なかった。

気づけば、家を出てから随分長い時間が経っている。歩き疲れたことに今更気がついて、境内の階段に腰を下ろして一休みしていると、猿回しが見世物をやっているのが目に入った。取り囲む子供達や袴姿の女学生が、猿の愛らしい仕草に歓声を上げる。

賑やかな景色だ。滅入りそうな自分とは裏腹に。

「……女々しいにも、ほどがある」

組んだ手に項垂れた額を押しつける。

全ては徒労で、もう二度と彼には会えないのでは。悪い予想ばかりが頭をもたげ心が急くものの、最早どこを捜せばいいのかわからない。手詰まり感が、さらに気持ちを落ち込ませる。

小気味良い太鼓の音が、観客の拍手に交ざって聞こえてきた。

何となく顔を上げてみると、太鼓に誘導された猿が、観客に紙の造花を手渡しているところだった。受け取った老婆は、猿の差し出した笊《ざる》に喜んで小銭を入れてやる。へこへこと頭を下げた猿が主のところに戻り、若いその男も同じように頭を下げた。

「……花、か」

花見の桜すら愛《め》でる趣味をもたない自分だが、そういえば最近、思いがけないところで花束を見たような気がする。あれは確か――白と黄色の菊の花。何故持っているのか疑問に思い、しかし捕まえなければとの意識が先行して、その理由を聞きそびれていた。

そうだ。掏摸の少年を捕まえた時、朱月は何故か花を携えていた。

『感謝しろよ、弔いに行く途中だったのを、予定変更してやったんだから』

「弔い？　……っ！」

雷のような閃きに、真紘は思わず立ち上がる。

そうか、彼が花を持っていた理由。もしも今日、あの日と同じ理由で出かけていたら……。

「そうか、あの橋の袂！」

あれが今日供えられたものならば――残るは一か所しかない。

推測と記憶が呼び起こした場所へと、思い立った時にはもう駆けだしていた。

微かな希望という名の突破口に、真紘は賭けた。


浅草から東。大きな公園の中の桜並木は、花の見頃に討伐のため訪れた場所だ。

今は葉桜となった木の根元に、捜し人の姿はあった。

曇天が暗さを増し、やがて雲の向こうで陽が没しそうな時刻となっている。

自分と彼以外に人影はない。長い距離をほぼ止まること無く走ってきたせいで息がすっかり上がっている。呼吸を整えながら深緑の背中にゆっくりと近づいていくと、気配を察したらしい彼が肩越しに振り返った。

「真紘……」

当然予想だにしていなかったのだろう。その目が驚きに瞠《みは》られる。

得意げに鼻を鳴らしてやった。どうだ見つけてやったぞ、と言わんばかりに。

「掏摸を捕まえた時、おまえ、花を落としただろう？　あれは弔いの花だとおまえは言った。今頃供えに来ているかもしれないと、想像しただけだ」

足元の木の根に、買い直したらしい菊の花が数本置かれている。

ここは、彼が初めて同胞を殺めた場所だ。そしてまた、自分と彼が初めて出会った場所でもある。

わざと自信たっぷりに口にしたが、外れの確率の方が高かった。あれから日も経ったし、今日である必然性はどこにも無い。それでもこうして巡り会えたということは——。

「縁があるらしいな、俺達」

「ああ、まったくだ」

呆れたような苦笑を浮かべる彼は、歩み寄っても逃げない。目の前に立って真っ直ぐ顔を見上げると、同じように見つめ返してくれる。

心臓がトクトクと鼓動を打つ音をやけに意識する。

告げたのは、混じりけのない素直な気持ちだった。

「会いたかった、おまえに」

驚く彼の胸に頬を寄せ、躊躇いながらもその広い背中に腕を回す。

その腕が彼を抱くのより早く、攫うような強い力で抱き締められた。

「俺もだ、真紘」

囁きと共に唇を塞がれた。求めてやまなかったその感触に、胸が歓喜に満たされる。

精気を注がれた時と同じ、いやそれ以上の温かさが体の隅々まで巡っていく。穏やかで、しかしもっと深く求めたくなるほどの激しさもある。

「んっ……」

互いに唇を食むように、水音を交換しながら口づけを深めていく。

気持ちよさで足元がふらつきそうになったのを、察した彼が腰に手を回して支えてくれた。

息苦しさを覚えてもなお絡めた舌は離れ難く、彼も同じ気持ちでいてくれることが、腰を抱く腕の強さから伝わってきた。

「……はっ」

くたくたになるほど長い間口づけ合って、名残惜《なごりお》しく唇が離れる頃には涙の膜が張っていた。

蕩けた瞳に映るのは、眉根を寄せた悩ましい顔だ。空気を求めて喘ぐ自分をじっと見つめたあと、熱の引かない表情でまた体をかき抱く。

「……その、体、大丈夫だったか？」

「だい、じょうぶだ。問題無い」

「ははっ、今は大丈夫じゃなさそうだな」

呼吸が整わない自分の背を、トントン、と彼があやすように叩く。促されるまま、その胸に凭《もた》れかかった。

やがて背中を打つ手が止まって——多分、拳の形に握り締められた。

「あの時さ……おまえを憎めって、言ったよな？」

額を胸に押しつけたまま、こくんと頷く。

確かに、彼の罪悪感を紛らわせてやりたくて、そんなことを口にした。

「おまえは討伐隊を無くしたいって言ってたけど、おまえらは、狂化したとはいえ俺の同胞に容赦無く刀を向けた。それはやっぱり……許せない」

「……そうか」

「けど。……けど、顔見た瞬間抱き締めたくなる奴を、俺は憎めるのか？」

するりと頬を撫でた掌に顔を上向かされ、過ぎるほどに真剣な眼差しで見つめられた。

瞳の奥まで覗き込むその強い視線に、胸が苦しい。——苦しいほど、嬉しい。

「最初、おまえを助けたのは同胞のためだった。病室に忍び込んだのもそうだ。けどそこから先、抱こうとしたり会いに行ったりしたのは、おまえだからだ」

「わた、しもだ……朱月」

今日ここに来たのは、捜してでも会いたいと思ったのは、朱月だからだ。

「他の何も考えられないくらい、おまえで頭がいっぱいになった。おまえを見つけるためならどこへでも行こうと思った。そのくらいもう、おまえばかりで、おまえを想ってしまって」

心も体も求めてやまない相手に言い募る言葉が、興奮で加速していく。

胸に溢れる感情を全て彼に伝えてしまいたい。なのに気持ちばかりが先走り、上手く言葉を紡げない。

「朱月、おまえだからなんだ。私を焦らせる、惑わせる、そして何より喜ばせる、おまえだけに向かうこの気持ちは、これは……っ」

言いかけた自分の唇に、彼が立てた人差し指を押し当てる。

優しく微笑む彼が、耳許で囁いた。

「惚れてるって……言ってもいいか、真紘？」

「残念だが、僕の弟はあげないよ」

背後から割って入ったその声を、咄嗟には誰のものか認識出来なかった。

代わりに、ハッと顔を上げた朱月が自分の背後を見て、驚愕に目を見開いた。

「どうしておまえらがここにいる……討伐隊！」

毛を逆立てて叫ぶ朱月が口にした名に、真紘は青褪めながら肩越しに振り返る。

「……あ、に、うえ」

居並んでいたのは見慣れた制服姿の列だった。

ステッキを突いて立つ千早を先頭に、武装に身を固めた部下達がそこにいた。

「ご苦労さま、真紘。随分回り道をしたけれど、ちゃんと役目を果たせたね」

困り眉の微笑も穏やかな口調もいつもの優しい兄なのに、目の前にいる彼からは得体の知れない空恐ろしさを感じる。こんなことは初めてだ。

混乱しかけた自分を、朱月が急に突き飛ばす。キッと睨む視線に込められた戸惑いと怒りに、彼がとんでもない勘違いをしていることを即座に悟った。

「おまえ、俺に会いに来たっていうのは、こういうことだったのかよ⁉」

「ち、違う！　私は何も……！」

「そう、真紘はただ案内してくれただけさ。跡をつけられているとも知らずにね」

歩み寄ってきた兄が、朱月から引き剥がすように後ろから肩を抱いた。

そして耳に寄せた唇で、信じられないことを囁く。

「いつ行動に移すのか待っていたよ。君はいつでも、狙い通りに動いてくれる」

さすが僕の弟だ。言いながら千早が、耳朶をがりりと噛んだ。

「っ……！」

鋭い痛み。思わず肩を竦める。

そんな自分を笑い交じりに見下ろす千早が、背後の部下に素早く命令を下した。

「捕らえろ」

朱月は即座に踵を返したが、既に臨戦態勢だった隊員達が多勢を生かして彼を捕まえるのに、時間はかからなかった。

「くっそ……離せ、畜生ッ！」

動きを封じられた朱月が、それでももがいて暴れる。その後頭部を屈強な隊員が鷲掴みにして、太い木の幹へと額をぶつけた。

「朱月！」

目を回した朱月が、ずるずると根元に倒れ込む。

思わず駆け寄ろうとしたのを、千早の細い腕が凄まじい力で引き留める。

「駄目だよ、行っては」

「兄上……これは一体、どういうことですか⁉」

詰め寄る自分に、しかし千早はただ悠然と微笑むのみで答えない。

世界が夜に侵食されていく。太陽が西の端に呑み込まれたことを告げるように、倒れ伏す朱月の黒髪が、雪白へと色を変えていた。

七

押し込むように乗せられた車は北東へ走って街中を抜け、鄙《ひな》びた場所に到着した。周囲に人家はまばらで、丈の長い草が生い茂る野原が手つかずで残っている。後から気づいたことだが、ここは初瀬が歩いてきた小川の上流に当たる場所だった。

すっかり暮れた夜空は雲が切れ、砂金のような星がちらちらと瞬いている。闇の中にそびえていたのは、煉瓦積みの高い塀――むしろ壁である。桂城邸ほどの敷地を囲む煉瓦の壁は、見上げるこちらを威圧してくるようだ。

「ここは一体……?」

「入ればわかるよ」

ついてきなさい、と先導する千早の足取りは、いつもの道を見失う危うさがまるで無く、また迷いも見られない。

後続の隊員達は朱月を入れた麻袋を引きずって千早に続く。まるで荷物のような扱いを受けている朱月は、袋の外からでもぐったりとした様子が見てとれた。微かな抵抗すらなく、未だ意識を取り戻していないようだ。

困惑は深まるばかりであるものの、前後を挟まれては逃げようが無く、第一、朱月を捨て置いてはおけない。真紘は流されるまま、怪しい敷地の中へと足を踏み入れた。

中にあったのは木造瓦葺《かわらぶ》きの、高さとしては二階建ての建物だ。壁や屋根の隙間から生える雑草は長きに亘る放置を物語り、窓が見当たらないことから普通の人家ではないと察せられた。

扉の前には、さらに何人もの隊員が待ち構えていた。自分と朱月を捕らえに来た者と合わせて十二人、攻撃部隊・司令部隊の総員である。

建物の中に入って最初に気づいたのは、ほこり臭い空気に染み着いた不快な匂いだ。どことなく鉄錆びたような、そして饐えたような匂いが、外よりも深い闇の中に漂っている。

壁掛けと円卓の上の蝋燭《ろうそく》に、隊員達が慣れた手つきで火を灯す。

ある程度の明るさが確保された真紘の視界に、部屋の奥に並ぶ格子の壁が飛び込んできた。

「これは……まさか、檻？」

「正確には監獄だ。閉鎖されて長いけれどね」

格子の向こうは闇がわだかまっていて見通せない。だがそれが、人を閉じ込めておくためのものであることは容易に知れた。

呻くような声が聞こえて振り返る。

袋から出され床に転がされていた朱月が、目を覚ましかけていた。

「朱月、大丈夫か！　しっかりしろ！」

真紘はすぐさま膝を突き、肩を揺する。うっすらと朱月が瞼を開く。

真紘？　と最初に自分を認め、それから取り囲む隊員達を、そして自身が両手両足を縛られていることに気づいた。

「くそっ、どうなってんだっ！」

後ろ手に拘束されているので、体を支え立ち上がることも出来ない。床をのたうつように暴れる朱月に、説明する言葉をもたず戸惑っていると、不意に、彼がハッと顔を上げた。

「これは……っ！」

何かを嗅ぎ取るように鼻をひくつかせたかと思うと、途端に驚愕と緊張に顔を強張らせる。

ふふっ、と背後で含み笑う声が聞こえた。

「さすが嗅覚に長けた夜叉だ。皆ね、連れてくるとすぐ気づくんだよ。ここで何が行われているのかを」

真紘を押し退けるように進み出た千早に、朱月が警戒を深めて眉根を寄せる。

「……おまえ、誰だ？」

「桂城千早。真紘の兄だ」

あんたが、と朱月は一瞬目を見開く。だがすぐさま視線を険しくすると、

「あんた今、『連れてくる』って言ったよな？　それは生きたままってことか？」

「……なるほど。真紘、君の『男』はなかなか察しがいいね」

這い蹲《つくば》る朱月を見下ろして、千早が浮かべたのは、見たことも無いほど醜悪な笑みだ。

「この前、やっと見つけた同胞は心身ともに痛めつけられてた。這《ほ》う這《ほ》うの体《てい》で、何か恐ろしいものから逃げてきたみたいだった。……あんた、その理由を知ってるな？」

「ああ。君もすぐ味わうことになる」

言うや否や、千早がブーツの先で朱月の肩を蹴り飛ばした。うっ、と悶絶したその仰向けの鳩尾に、持ち上げたステッキを垂直に突き刺す。

「……っ‼」

細腕とは思えない強烈で残虐な一撃を食らい、朱月が声も上げずに全身を痙攣させせる。

「朱月っ！　兄上、何を！」

反射的に朱月に取り縋った真紘の抗議を、千早は無視する。

隊員達が苦しむ朱月を真紘から引き剥がし、無理矢理立たせた体を格子に縛りつけた。

（何なんだ、これは……⁉）

冷や汗とも脂汗ともつかないものが真紘のこめかみを伝う。

自分の知らない事態が秘密裏に動いていたことは最早疑いようが無い。だがその秘密が何なのか、混乱しきった頭は判断を下せない。

「あ、兄上、待ってください！　この夜叉は討伐する必要はありません。そもそも夜叉全てが人を襲うわけではないのです。私達が夜叉と呼んでいたバケモノは、夜叉であって夜叉でない、狂ってしまった……」

「狂化夜叉、だろう？」

――え？

さらりと言葉を継がれ、絶句する。

千早は見越していたように薄くせせら笑う。

「夜叉は存外同胞意識が強くてね。単独で痛めつけるより、傷つけられる姿を互いに見せ合う方が狂化に効果的だったよ。例えば肉親同士、恋人同士といった具合にね」

「て、めえ……！」

千早は朱月の顎をステッキの柄で上向かせる。憎しみのこもった視線の矢を番《つが》えられても物ともせず、殊更高圧的に言葉を浴びせる。

「朱月といったか。君の想像通りさ。生け捕りにした夜叉をここに閉じ込め苦痛を与え、狂化した状態で市中に放った。この前のは途中で脱走してしまったんだよね。元気が有り余っていたようで……生まれつき体の弱い僕からすれば、羨《うらや》ましい限りだ」

ここにきて真紘もようやく理解した。この監獄に漂う腐臭の正体に。

鉄錆びた匂いは拭いきれない血の匂い、饐えた匂いは恐らく拷問による吐瀉物《としゃぶつ》のもの。

冷静に分析する自分がいる一方で、目の前の光景を――愉悦さえ口許に浮かべ、恐ろしい真実を事も無げに告げる兄を、現実のものとして受け入れられない。

「討伐する夜叉を、討伐隊そのものが生み出してたってことか。俺の大事な同胞を拐《かどわ》かして、てめえらの手柄を水増ししてたんだな！」

「物見遊山で帝都に来た田舎者に、ちょっと仕事の手伝いをしてもらっただけさ。今回は何匹だったかな、ひい、ふう、みい……」

「残りは⁉　まだ何人か行方不明の奴がいる、残りもあんたが捕まえてるのか⁉」

「残り、ねえ。今はこの監獄が空であることから、わからないかな？」

「……！」

全ては遅きに失したのだと、悟った朱月が言葉を無くす。

そんな彼を気にもかけず、千早が悠然とこちらに首を巡らせた。

「それにしても真紘、君はこういう粗野な男が趣味だったんだね。生まれのせいかな？」

「えっ……」

呆けた自分に、兄はいやらしく笑みを深める。

「存外、手酷く抱かれるのが好きだった？」

全身の血の気が一気に引いた。言葉で殴られたような衝撃だった。

体が砕けて、粉々に崩壊するかと思うほどに。

「どうして知っているのか、という顔をしているね。夜叉を捜すと言い始めた頃から、君に見張りをつけていたのさ。夜叉に犯され可愛く啼《な》いていたと、羽鳥が報告してくれたよ」

進み出た羽鳥が、千早の傍らに跪く。白い手袋を嵌《は》めた千早の手が、羽鳥の垂れた頭を犬を

褒めるように優しく撫でた。

それだけで、隊長職が名ばかりであったことを真紘が理解するには充分だった。

「……あれは嘘、だったのですか？」

湧き上がる諸々の感情を押し殺して震える声に、千早が「ん？」と軽く小首を傾げる。

「夜叉の命を奪うことを憂えていた兄上の優しさは……全て、嘘だったのですか？」

「嘘ではないさ。人としての善悪は、僕の中に確かに息づいている。……だが、桂城を守るという目的のためならば、全て切り捨ててしまって構わない！」

「……っ‼」

語尾に込めた力そのままに、千早が真鍮製《しんちゅうせい》の柄で朱月の頬を殴り飛ばす。

朱月の口から鮮血が飛ぶ。

急に力を振るったせいだろう、肩で息をするほど千早は呼吸を乱すが、丸い硝子の奥から見据える瞳はどす黒い意志に満ちていた。全身から燃え上がる瞋恚《しんい》の炎《ほむら》が、視線の矢で射られた真紘を圧倒的な恐怖で焼き尽くす。

「君にわかるかな、真紘？　生まれ落ちた瞬間から、枯れかけた家を背負って生きなければならなかった、僕の気持ちが」

御一新後、いや、夜叉の大半が人を避けて山奥に隠れるようになった随分と昔から、夜叉と人との争いは、夜叉の願い通り激減していた。

夜叉を討伐することで家名を保ってきた桂城は、夜叉が人に害悪を為さなければその使命を──家の価値そのものを無くしてしまう。事実、本家以外は既に別の道を選んで離れ、桂城はさながら、葉を全て落とし朽《く》ちる寸前の老木だったのだ。

だが父は、それで構わないと言った。

人も夜叉も誰も傷つかないのならば、自分達はひっそりと消えていけばいい。私は先のあまり長くない妻に寄り添っていられる。おまえも病で弱った体を酷使せず、穏やかに生きていくことが出来る。それは誰もが幸せになれる最良の道だ。そうだろう、千早？

「違うっ！　断ッじて、違う！」

ガツンッ！　と打ちつけたステッキの先が石の床を穿つ。

「桂城は僕の全て、僕の命そのものだ。桂城が無用の長物だなんてそんなこと、僕は許せなかった。だから夜叉を探した。探して、狂わせて、人を襲うよう差し向けて、桂城がまだ帝都に必要であることを知らしめたんだ。──僕が！　この、桂城千早が！」

千早の魂の叫びが部屋にこだまする。

声と気迫が蝋燭の火を揺らし、隅々の闇の奥へと響く。真紘の、心の奥底にまで。

「……長くない命だからこそ、僕は燃やす。正義だとか倫理だとか、そんな甘ったるい感傷など、桂城を再び咲かせることに比べれば塵《ちり》より軽い。それだけのことだ」

静けさを取り戻した声に滲む、一切の揺らぎも後悔も無い冷徹な強さ。

それは覚悟を完了させた者だけがもつ、純粋過ぎる狂気。

真紘は冷たい息を震わせながら悟った。

今、自分と対峙しているのは、優しく慈愛に溢れた兄ではない。桂城に全てを捧げ、禁忌に手を染めた一人の男――いや、人を捨てた『バケモノ』であることを。

「幻滅したかな？」

答えられない。……答えたくない。

「まあいい。君にどう思われようと、それこそ取るに足らない瑣末《さまつ》なことだ。僕がどんな人間であろうと、君は裏切れないだろう？」

ねえ真紘？　と小首を傾げた困り眉の微笑みは、心の拠りどころにしていた優しさによく似ている。しかしその手にあるのは鎖だ。彼の手から伸びて自分の首に巻きつき、両腕を、体中を縛りつける、忠誠という名の透明な鎖。

『大丈夫、大丈夫だよ。安心して』

――安心して、僕の駒となりなさい。

「さあおまえ達、サーベルを抜け」

自分を救い上げてくれた思い出と同じ声が、撃鉄を起こすよう命じる。

いつの間にか用意されていた椅子に腰かけた千早と入れ替わるように、腰のサーベルを抜き放った隊員たちが朱月を取り囲む。

その表情には一切の感情が浮かんでいない。彼らは千早の駒。桂城という柄と鞘とに縛られた、主が振るうまま諾々《だくだく》と従う、冷たい刃だ。

「久しぶりに生け捕った大事な夜叉だ。殺してはいけないよ。痛めつけて狂わせて、人を襲わせてからだ」

高く組んだ膝に肘を突き、千早は傍観の姿勢で命令を重ねる。

「てめえっ……！」

唇の端に血を滲ませた朱月が睨みつけるものの、自由を奪われた状態では威嚇も虚勢にしか見えない。だが拘束された身を乗り出し、彼は一際の大声で吠えた。

「ふざけんなっ！　くだらねえ我侭《わがまま》のために、俺の同胞を弄びやがって！　真紘の心まで利用して！　家なんて、命を踏みにじってまで守るモンじゃねえっ！」

「やれ」

パチン、と千早が指を鳴らす。

同時に、幾本ものサーベルが朱月に振り下ろされた。

「っ……！」

白刃の切っ先が朱月の着物を裂き、巻き込まれた白髪が一筋宙に舞う。肌に走った赤い筋から、滲むように溢れ出た血は瞳の色より濃い紅色。

　痛みの衝撃と悲鳴を、朱月はぐっと呑み込んだようだった。顔を歪めながらも不敵な笑みを浮かべ、千早を挑発する。

「全ッ然……効かねえ」

「だろうね。夜叉は人より痛みに強い」

　先頭の隊員が分厚いブーツの底で朱月の腹を蹴った。ぐはっ、と押し出されるように朱月が胃液交じりの血を吐き出す。別の隊員が白髪を鷲掴みにして殴り飛ばし、続けざま、横に払った刃が脇腹を斬り裂く。

　縛りつけられた朱月は全く抵抗を許されず、次々に刻まれていく傷と痛みに、歯を食いしばって耐えている。

　無惨に嬲られていく朱月を前にしながら、紙のように顔を白くした真紘は立ち尽くしたまま動けない。討伐とは違う、夜叉に対する手慣れた暴行。この仕事が、彼らにとって初めてではないことは明白だ。自分だけが真実を知らなかったことを、絶望と共に思い知る。

「真紘、君はね、嘘がすぐに顔に出る。だから黙っていたんだよ。二心無く僕に心酔出来るよう、わざと蚊帳《かや》の外に置いてね」

　いつの間にか椅子を立ち、背後に歩み寄っていた千早が耳朶に唇を近づける。

「でも、討伐隊を無くすなんて戯言《たわごと》を言いだしたから、もうこちらに来てもらう。夜叉を殺すためだけに役立つ、駒になってもらおうね」

『誰よりも傍で……僕の刀となっておくれ、真紘』

同じ声だ。

命さえ賭けようと誓った人と同じ声で、背中から抱き締めたバケモノが甘く告げる。

パチン、とまた指が鳴った。躾けられた犬のように隊員達が暴行の手を止める。

項垂れる朱月の呼吸がか細い。足元に血溜まりが出来、体中あちこち腫れ上がっている。

それでも、顔を上げた彼はしぶとく笑ってみせた。

「……痛くねえなあ、ちっとも」

ぺっ、と吐いた赤い唾が、狙っただろう隊員に届かず床に落ちる。

「ふふ、威勢がいい。そうだね、とりあえず腕を一本、いっておこうか」

耳のすぐ傍で告げられた命令に真紘が慌てて振り向こうとするが、体を抱く腕がそれを許さない。数人の隊員が朱月に近づき、後ろ手に縛ってあった腕の縄を解く。即座に暴れようとした彼を殴りつけることで制し、右腕を持ち上げると、関節をあり得ない方向に捩じり上げた。

「ああぁあああぁぁあ‼」

目を見開いた凄まじい形相から、断末魔のような悲鳴が迸る。

「朱月っ！」

「いい声だ。そっちも潰しなさい」

左腕も同様に圧《へ》し折られ、ぶらりと垂れ下がった両腕の痛みで朱月が小刻みに震えている。

堪らず真紘は千早の腕を振り払い、朱月に駆け寄った。

「朱月！」

「……ま、ひろ……」

「すまない、朱月。すまない……！」

彼の傷だらけの胸に縋りつく。熱い涙が溢れて止まらない。

自分は何に対して謝っているのか。彼の大切な同胞の命を、無慈悲に奪っていたことか。今目の前で傷ついている彼を、助けられないでいることか。くしゃくしゃに歪めた泣き顔から漏れる嗚咽を、背後の千早が嘲《あざけ》り笑う。

「随分と腑抜《ふぬ》けにされたものだね。そんなにこいつのブツは悦《よ》かったのかい？」

「もうやめてください兄上！」

「おまえごときが僕に指図するんじゃないよ」

この期《ご》に及んでも、兄に冷たく拒絶されることは真紘の心を深く抉った。彼の一挙手一投足に傷ついてしまう自分が、許せなくて口惜《くちお》しい。

そして千早は、そんな自分の心を全てわかった上で言動を選んでいる。優しい声も冷たい視線も、さながら自分を意のままにする操り糸。

「何年もかけて躾けたんだ。君は僕に叛《そむ》けないんだよ、真紘」

「……っ！」

抱えた頭を激しくうち振る。感情に引き裂かれた心が千々に乱れる。

正体を現した彼の志には従えないと思うのに、そんな自分を自分自身が拒絶して、桂城千早は絶対なのだと歯向かう気力を削ぎ落とす。容易く琴線を弾く兄は、やはり絶対の人なのだ。

最早何を信じればいいのか、どうありたいのかさえわからない。

わからない、知りたくない。

――こんな真実知りたくなかった！

「……だ、もんな」

錯乱しかけた真紘の耳に、ふと、弱々しい声が届いた。

恐る恐る顔を上げると、朱月が、何故か慈しむように微笑んでいた。

「おまえの大事な、兄貴……だもんな。長生きして、ほしいって……言って、たよな」

「あか、つき」

「騙されてたって……そんな簡単には、嫌え、ねえんだろ。おまえ意固地……だからさ」

――だから、千早を憎めないことを辛く思わなくてもいい。

満身創痍の苦しい息の下、努めて明るく伝えようとする彼の思い遣りに、また涙がこぼれる。

寄り添いたいと思うほど心惹かれたのは、彼が情に溢れた男だからだ。出会ってからの時間なんて関係ない。兄の駒であることを拒めなくても、それでもたった一欠片《ひとかけら》、自由になる心が求めてやまないのは――――。

「……すまない、朱月」

震える指先で、彼の唇に触れる。

彼は少し驚いて、けれども舌先で指を優しく撫でた。

気持ちは互いに同じなのだと教えてくれる。兄に捧げていた忠誠とは違う、もっと狂おしくも温かく、自分を強くしてくれる気持ちが、砕けた心に再び形を与えてくれる。

一瞬、真紘の心が凪いだ。しかしその触れ合いを、千早の至極冷静な声が引き裂く。

「ふむ、やはりこのくらいでは夜叉の心を折ることは出来ないようだ。それじゃあ、つがいの夜叉を攫ってきた時に効いた方法、試してみようかな？」

突然、後ろ髪を掴まれた。

「真紘っ！」

引き倒された体を、見知った男達の腕が磔《はりつけ》のように押さえつける。

その手が、シャツを力任せに引き裂いた。

「‼」

ボタンが弾けて中空に飛ぶ。叫びかけた口は大きな掌で塞がれた。

ベルトを抜かれ、ズボンを下着ごと引きずり下ろされる。

「おまえ、まさか……っ！」

声を荒げた朱月の頭を、残っていた隊員がサーベルの柄で打ちつけた。前髪を掴んで仰向かされ、顔を固定されたのは、抵抗虚しく剥かれていく自分の姿を見せつけるためだろう。

「恋しい相手が犯し殺されるのを見た夜叉は、この上なく凶暴に狂ってくれたよ。真紘、さあ僕の役に立つんだ」

「っ！　……っ‼」

男達の手が、指が、唇に舌先が、全身を這い回る。蹴り飛ばそうとした裸の脚は逆に捕まえられ、大きく開いて朱月の目に秘部を晒した。カッ、と頬に赤みが走る。

「やだ、やめろっ、やっ……！」

体を貪ろうとする彼らの顔に興奮の色はない。ただ黙々と、朱月の正気を揺るがせるためだけに、自分の肢体を暴いていく。

乱暴な扱いは愛撫とは程遠い。胸の頂を別々の男にむしゃぶりつかれ、歯と舌とで嬲られるのもただ痛みしか生まない。身を捩って逃げようとしても、体のあちこちを間断なく刺激され、力が入らない。股間に顔を埋めた男に花芯を頬張られると、嫌悪感とおぞましさに思わず悲鳴を上げた。

「ひあぁっ……んぅうっ！」

開けた口にすかさず、誰のものかわからない男根を押し込められた。

眼前で男が腰を振る。興奮した証の屹立とは違う、扱いて無理矢理勃たせただけの凶器で喉の奥を何度も突かれ、あまりの気持ち悪さと息苦しさに胃が波打つ。

「うっ……！」

機械のように打ちつけていた男の肉棒が、やがて口の中で白濁を吐き出した。

解放されてハアハアと呼吸を求める唇の端から、唾液交じりの精液が溢れ出る。糸を引いたそれが緩く勃起しかけていた自身へ滴り落ち、その汚物を塗り込めるように、また花芯を撫でさすられた。

「あっ……ぅあっ……」

ごつごつとした指に攻められるのを嫌がりながらも、与えられる刺激に下腹部が勝手に反応し、ひくついてしまう。脇腹の柔らかいところを噛まれると、跳ねて腰が浮いた。

そんな自分を、千早が侮蔑の視線で覗き込む。

「情けない姿だね、真紘。ねえ、ご覧？　おまえの情夫は釘づけのようだ」

誘われるまま視線を転じてしまったのが間違いだった。

朱月が、見開いた目で自分を見ていた。折れた両腕をだらりと下げ、口を半開きのまま茫然としている。

「ぁ……」

見られている。こんな恥ずかしい姿を朱月の目に晒している。

「やだ、見るな……いやっ……！」

絶望的な羞恥に首を振るが、拒んだだけ余計に脚を開かされる。膝を掴んで固定した男の指が太腿をいやらしく這い回り、震える花芯の奥、閉じた蕾を無遠慮に探った。

「いっ……！」

窄まりに、強引に指を突き入れられる。ぐいぐいと乾いたままの直腸をこすられ、押し入られる痛みに目の前が真っ赤に染まった。

「ほら真紘、この夜叉に、助けてって言ってご覧よ？」

「……あ、兄上、もう……もうっ！」

痛みと羞恥で、生理的な涙が視界を霞ませる。

朱月はやはり自分を見ていて、その唇が小さな声を紡いだ。

「……やめろ」

聞き拾い、兄がふふっと笑う。

「夜叉っていうのはどうも情が深いらしい。啜り泣く女のためにね、男が喚くんだよ。殺してやる許さない。懇願した奴もいたっけ。助けてやってくれ何でもするから。腕を折られ目を潰されて、それでも相手の心配をするんだ。可哀想にね？」

「……やめろ。……真紘を、離せ……！」

徐々に語気を荒げていく朱月の言葉を、当然誰も聞き入れない。

痛みで目眩がし始めた頃、内壁を蹂躙《じゅうりん》していた指が抜き去られた。

代わりに、股間を寛げた男が脚の間に陣取る。赤く腫れ上がった後孔に、怒張した先端があてがわれた。青褪め逃げようとした腰を男達の手が固定し、挿入役の男がさらに腰を進める。

「や、やだっ」

今にも減り込んできそうな男根に、情けないほど声が上擦る。割れ目を無理矢理こじ開けられる痛みより、目の前の男が朱月ではないということの方が体を震わせて止まらない。

千早が愉《たの》しそうに鼻を鳴らす。

男根の先端が、ぐっと蕾の縁を押し開いた。

「やだ、いやだ！　……来るなぁ！」


「やめろおおおおぉぉぁぁあああぁあああ‼」


闇が振動しそうなほどの絶叫が、突然部屋に響き渡った。

それはまさしく獣の咆哮だった。最早人の言葉ではない声の塊が、その場にいた全員の鼓膜をびりびりと痺れさせる。

雄叫びを上げながら朱月は体を前後に揺らし、格子をみしみしと軋ませていく。鋭く伸びた犬歯は唇からはみ出し、まるで牙だ。胸の筋肉ははち切れんばかりに盛り上がり、裂けた袖から覗く腕に血管が浮き上がっていく。床を掴む足の指が、木目にひびを入れた。

「ガアアアッ！」

彼を縛めていた縄が千切れて飛ぶ。

発光しているような深紅の瞳に振り乱した雪白の蓬髪。

——猛《たけ》り狂った『夜叉』が、宙に舞った。

「朱月ッ！」

押さえつけていた男達の腕は既に無い。真紘が裸の体を起こすと同時に、跳んだ朱月は一直線に千早に襲いかかった。

だが、傍にいた隊員がすかさず庇う。噛みつかれた肩から溢れ出る鮮血を、朱月は牙を立てたままじゅるじゅると啜り上げる。襲われた隊員が苦悶の表情で膝を突いても誰も助けない。

サーベルを構えて間合いを取り、朱月が血を——いや、精気を吸い取るのを待っているようだ。

「そうだ、暴れられるほど食らうがいい。駒の命くらい安いものさ」

失血と目眩で、やがて気絶したのだろう、食いつかれていた男が低く呻いて倒れ伏す。

フウゥ……と血生臭い息を吐きながら、朱月が顔を上げた。

精気で回復したのか、折れた両腕は自由を取り戻している。べったりとついた口周りの血を舐め取る姿に、常の彼の面影は無い。朗《ほが》らかな笑顔も淫靡《いんび》に口角を上げる色香も、同胞を愛しく語る情に溢れた優しさも、全て彼から消え失せてしまっている。

狂ってしまったらもう二度と、正気には戻れない。

苦痛と怒りで心を壊した夜叉の、なれの果て。

――狂化。


「あかつき……」

茫然と呼ぶ自分に、朱月は最早目もくれない。

サーベルで躍りかかった隊員達に応戦し、それが誘導するままに建物の外へと四つん這いで走り出ていく。その姿はまさしく獣。狂って理性を失い、朱月であることを捨ててしまった。

――あれはもう、朱月ではない。

「そんな……」

脱力して床にへたり込んだ真紘の目の前に、やおら、刀が差し出された。そして、見慣れた隊服のジャケットも。膝を突いて両手で捧げていたのは、残った隊員だ。

「真紘、夜叉が現れた。現在、隊員達と交戦中。至急討伐に向かいなさい」

驚愕の瞳で、横に立った人を振り仰ぐ。千早は腕を組み、朱月が去った扉の向こうを満足そうに眺めていた。

次に刀を渡す時。それは自分が必ず夜叉を斬ると信じた時。――先日、抱擁と共に告げられた言葉が脳裏に甦る。

信じる、とはすなわち服従すべき命令だったのだろう。本心を明かしたところでどうとでも扱える、操り人形は叛くことなど決して無いと確信した主の傲慢《ごうまん》さ。彼にとって自分は、真実、ただの駒でしかないのだ。

「ああなったら夜叉は終わりさ。今度こそ、ちゃんと仕留めてやるんだよ？」

最早仮面でしかない困り眉の微笑みを、見つめる心が定まらない。様々な感情と思い出が去来して、極彩色の走馬灯が脳裏を埋め尽くす。

自分が信じてきたもの、生きてきた数々の思い出。救い、支えてくれた太陽の光。

そしてそれを呑み込むように強く輝く、嵐のように現れて自分の心を攫い、恋しさを植え付けていった紅い光。

『惚れてるって……言ってもいいか、真紘？』

「…………」

一度、ぐっと目を閉じる。

自分が人として生きてこられたのは兄のおかげ、桂城のため。

だが、自分には心がある。恋しく焦がれ、ゆえに惑い、それでも追い求める心が。

（それを教えてくれたのは……朱月だ）

生まれて初めて真の意味で自覚する。自分は駒ではない、人間だ。

忠誠という名の操り糸を今、断ち切る時。

——今自分が為すべきことを携えて、その目を意志でもって開く。


「まだ、終わりではありません」

「……何だって？」

予想外の返しに、千早の眉がピクリと動く。

真紘は大きく息を吸い込み、刀を手に取った。

■

手早く服を身に着けジャケットを羽織り、真紘は弾丸のように監獄から飛び出した。ボタンを失ったシャツは前を開けたままだが、今はそんなことに構っている場合ではない。

人家から離れているとはいえ、少し走れば大路に行き当たる。道なりに橋を渡り川向こうに行くと、この時間でも人通りのある街中だ。隊員達に誘《いざな》われて逃走した朱月は、人に出くわせば無差別に襲いかかるだろう。その上で討伐することが兄の目的。ならば朱月が誰も手にかけないうちに止めなければならない。

(止める？　どうやって？)

(今までの夜叉と同様に、朱月を殺して？)

「まだだ！」

走りながら浮かぶ恐ろしい言葉を、首を振って拒絶する。

どれほど体を痛めつけられても、彼は心を守っていられた。同胞を殺し悲嘆に暮れても、理性と情を失わず、だからこそ彼自身を苦しめていた。

そんな彼が、自分が犯されそうになったくらいで狂ってしまった。それは即ち、彼にとっての自分の存在の大きさに他ならない。抱き締めて掻き口説いてくれた言葉のまま、掛け替えのない唯一である証だ。

(……それなら、尚更に)

握る拳に力を込める。

「私が、朱月を取り戻す……！」

走っていくうちに、前方から叫び声のようなものが聞こえた。

まさか、と思う間もなく、手提げ鞄を振り回して駆けてくる数人の男があった。会社員らしき洋装の男達は一様に血の気を失い取り乱した様子で、真紘や他の通行人の横を大慌てで逃げていく。不幸にも夜叉に行き合ってしまった被害者達の恐怖の顔が、今は彼へと続く道標だ。不思議そうに男達を見送った通行人を追い越し、駆ける速度を上げる。一刻も早く止めなければ、と息が切れるのも構わず走り抜けた先に、白い髪を振り乱す朱月がいた。

「朱月！」

呼びかけに、しかし彼は振り向かない。

視線の先は古い神社の入り口だ。石造りの鳥居の根元に、脚から血を流した男が横たわっている。服装は先程の男達と同じ、恐らく獲物と定められてしまった一人だろう。小動物をいたぶるようにじわりじわりと距離を詰めていく朱月に、脚を庇ったまま立ち上がれない男が恐怖で顔を引き攣らせる。

「た、助けてくれ、助けてくれー……！」

叫ぶ男を、少し離れたところで囲んでいるのはサーベルを構えた隊員達だ。彼らは一斉に自分を見つけたが、その表情は仮面のように無のまま。自分が駆けつけるところまで、千早の計画通りなのだろう。

何故助けに入らないのか。それは被害者をつくるためだ。

今までもこうして、自分の見ていないところで見殺しにされてきた人がいたに違いない。夜叉だろうと人だろうと、桂城のためならば犠牲など安いもの。千早の命令を忠実に守る駒達に、真紘は燃えたぎる怒りよりも深い哀しみを覚えた。

「ァァアアァッ！」

朱月が男に襲いかかろうと、両腕を振りかざす。

「やめろっ！」

咄嗟に真紘は地を蹴って、朱月に体をぶつけた。神社の中へと突き飛ばされ、どうっ、と大きな音と砂ぼこりを上げて転がった朱月は、すぐさま起き上がり、闖入者に身構える。その間に真紘は狙われていた男を背に庇い、朱月に向かって刀を抜いた。

「な、何だあのバケモノは！」

尻もちをついたまま後ずさる男が声を張り上げる。

前にもこんなことがあった。あの時自分は迷わず、あれは夜叉だと答えた。人を襲う異形のバケモノの名として夜叉を呼んだ。

だが今は違う。真紘は男の言葉に激しく首を横に振る。

「あれはバケモノではない！」

朱月が獣のように天に吠えた。

「朱月やめろ！　正気に戻れ、朱月！」

朱月が同胞にしたように名を呼ぶものの、紅い眼を細めながら低く唸る彼は獣のまま。

――胸が、どうしようもなく締めつけられた。

――恋しい相手に自分をわかってもらえないことが、こんなにも苦しいなんて。

遠くでエンジン音がした。音はどんどん近づいてくる。

来た方角から走ってきた車は自分を監獄に連れていったものだ。ライトの眩しさに手をかざした真紘の前で、車は神社の入り口を塞ぐように停まる。

降り立ったのは、案の定ステッキを突いた千早だった。

「何だ、まだ誰も殺していないのかい？　役に立たない夜叉だ」

周囲を見渡して悪びれずに言い放つ千早が、真紘を笑い含みの視線で流し見る。

「だが、『まだ』なだけだよね？」

早く討たないと朱月は人を殺す。

言外に含んだ千早の思惑は脅しなどではない。冷たい汗がこめかみを伝う。

その宣告が的中したかのように、ようやく立ち上がり逃げようとした男へと、朱月が再び照準を定めた。

「やめろ！」

片足を引きずりながら泡を食って駆けだす男と、その獲物に一直線で迫る朱月の間に割って入る。突如現れた障害物に、朱月は速度を緩めないまま殴りかかった。

「うっ……！」

受け身もとれず、背中から地面に叩きつけられる。その隙に朱月が逃げる男を引き倒し、背中に馬乗りになった。

「ヒ、ヒイイ！」

恐慌を来《きた》した男が悲鳴を上げるが、鳥居の前に勢揃いした討伐隊はやはり見ているだけだ。

車に凭れた千早が悠然と腕を組む。朱月が、押さえつけた男の肩に噛みついた。

「ぎゃあぁっ！」

「よせっ……朱月っ！」

刀を支えに立ち上がり、駆け寄りざま朱月に斬撃を打ち込む。

「くっ……！」

しかしそれは顔を上げた彼に片手で止められた。

ギチギチと力比べで軋む刀は、朱月の皮膚を破らない。峰を向けているからだ。

単純な腕力では分が悪いのは明白だった。押し負けそうになるのをわざと引き、前のめりに倒れ込んできた腹を蹴飛ばした。

「逃げろ、早く！」

よろめいた朱月の下から、肩から血を流す男が這う這うの体で抜け出す。朱月は獲物に手を伸ばしたが、真紘がこめかみに肘鉄を叩き込んでそれを阻止する。

不意打ちの痛みに朱月が唸る。怒りにか一層色を濃くした紅い瞳が、逃げていく男ではなく真紘を次の標的として見据えた。

――そう、それでいい。私を見ろ、朱月。

激昂し、闇雲に襲ってくる朱月を避けていなして、しかし斬りつけはしない。

「斬らなければおまえが死ぬだけだよ、真紘」

刃を向けず防戦一方であることに千早は苛立っているようだが、彼の意向を聞き入れる気は最早無かった。

自分は今、兄の駒として朱月と対峙しているのではない。これは自分の意志。彼を必ず取り戻すという決意のためだ。

(……そうだ、私は)

爪で掴みかかられそうになったのを、後ろに大きく跳んで避ける。

なおも追ってくる朱月を見据えたまま、刀を逆手で掴み直し地に突き立てた。


「朱月、おまえは……私が止める!」


武器を捨て空になった両腕を広げ、突進してくる彼に向かって叫ぶ。

ガアッ! と吠えた朱月が、受け止めた自分の体を突き倒した。

「痛っ……!」

噛みついた鋭い犬歯が、首筋に深々と刺さる。頸動脈を食い千切るかのように顎の力を強めていく彼が、溢れる血と精気を奪っていく。橋の上で初瀬に襲われた時以上の力だ。

しかし食い込む痛みに顔を顰めながらも、圧し掛かる彼の体に腕を回した。自分を食らおうとする獰猛な獣を、離さないとばかりにただ強く、両腕でかき抱く。

「あ、かつ、き……！」

正気に戻れ、朱月。私はおまえを失いたくない。

絶対におまえを斬らない、そして私も絶対に殺されない。

どれだけ精気を食われようとも、二度とおまえに誰かを殺させはしない。

「真紘、何をしている!?」

兄の慌てた声が聞こえたような気がするが、そんなのはどうでもいい。

「もど、れ……もどって、……っ！　戻って、こい、あかつ、きィ……！」

精気の流れ出ていく痺れるような寒気と、裏腹にどくどくと速まる心臓の音が鼓膜に痛い。遠のきそうになる意識を、彼の名を唱えることで必死に繋ぎ止める。

朱月。朱月、消えないでくれ。本当のおまえを殺さないでくれ、朱月。

私は、おまえが――。

「もういいっ。真紘ごと斬れ、斬りなさい！」

「おまえが好きだ、朱月っ！」

兄の命令を、自分の叫びが打ち消した。

一瞬、食い込む牙が怯んだ気がした。

それは気のせいだったのかもしれない。だが勢いを得て、振り絞った力で体勢を反転させる。

後頭部を打ちつけた衝撃で朱月の口が肩から外れた。

すかさずその頬を、血にまみれた手で包み込む。自分だけを真っ直ぐ見つめるように。

「帰ってきてくれ、朱月……！」

祈りと共に瞳を閉じ、ぶつけるように唇を重ねた。

精気を奪われてもいい、舌を噛み切られても構わない。

それで彼が戻るのならば何をされてもいい。

「……うっ！」

そんな願いも虚しく、下から喉を鷲掴みにされる。

じりじりと顔を彼から遠ざけていく掌は、同時に喉を絞め上げるように力を込めていく。気道を塞がれ喘ぎながら彼を見れば、爛々と光る瞳が自分を睨みつけていた。口づけも言葉も最早彼には届かないのだと、絶望と息苦しさで視界が霞む。

(もう、何をしてもだめ、なのか……？)

どれだけ呼びかけても狂った者は取り戻せない。

朱月が殺してしまった夜叉達のように、殺す以外に彼を救う方法は無い。

(……いやだ、そんなのはいやだ。どうしてもいやなのに……！)

彼の手に重ねた掌は、無力感に苛まれ抵抗の力すら生まれない。

視界が端から塗り潰されるように狭まり、思考も闇に呑み込まれていく。声も呼吸も体の力も、砂がこぼれ落ちるように失われていく。

かき消されそうな意識の中で、最後に残ったのは苦しみでも恐怖もなく、ただ彼にのみ向かう愛しさと寂しさだった。彼が消えてしまうこと、自分が逝ってしまうことが寂しい。彼に会えなくなってしまうことがただ寂しい。

愛しいから、寂しい。

（おまえを……うしない、たく、ない……）

眦にじわりと、涙が浮かぶ。

頬を滑り落ちた雫が、朱月の腕に落ちた。

「……ぁ、い、してる……あか、つ、き……」

――愛してる、朱月。

「……俺もだ、真紘」

突然、喉への圧迫が消えた。

ひゅうっ、と流れ込んだ空気に激しく噎せる。

蹲るように倒れ込んだ体を、広い胸と力強い腕が抱きとめた。

「あ、か……つき?」

切れ切れの呼びかけと共に取り戻した視界に、覗き込んで頷く彼の微笑みがあった。

その表情は、元通り彼のものだった。

禍々しい光を放っていた瞳は静かな紅色に落ち着き、皮膚を食い破った牙は唇の隙間から覗く八重歯に戻っている。何より「真紘」と名を呼ぶ声の優しさと、腕の中の自分に頬を擦り寄せる仕草が、猛り狂う獣ではなく彼自身であることを教えてくれる。

「もど……けほっ、戻った、のか?　……本当、に?」

「ああ。泥みたいな真っ暗闇の中に沈んでいく途中、おまえの声が聞こえた。それを頼りに這い上がってこれたんだ」

存在を確かめるように、彼が指を絡めて手を握る。

ぎゅうっ、と込められた力の強さに、見開いた眼がみるみる溺れていく。あ、うあ、と喘いだら、堰を切ったように涙と声が溢れ出た。

「朱月、朱月!　朱月、あぁ、あかつき……!」

溢れてくる涙は自分でも止めどなく、顔を押しつけた彼の胸を温かく濡らす。

赤子のようにしゃくり上げ何度も名を呼ぶ自分に、彼は少し困ったような微笑みを向ける。

乱れた髪をそっと梳《す》き上げ、露わになった耳に囁いた。

「愛してる、真紘」

顎を掬うように上向かされた唇に、彼のそれが重なる。

口づけは奪った精気を返す意味もあったらしい。差し入れられた舌が唾液をかき混ぜて、首に負った傷が塞がる程度には彼から熱を分け与えられた。

「ん……っ」

淡い余韻を残して唇が離れる。涙と口づけのせいで少し呼吸の乱れた自分を抱いたまま、朱月は背筋を伸ばし立ち上がった。

彼の視線の先には、驚愕と憤怒で顔を強張らせる千早がいた。困惑を隠しきれない様子の隊員達を背に、千早は信じられないとばかりに首を横に振る。

「何故だ……狂化した夜叉は、二度と正気に戻らないはず……」

真紘のおかげだ、と朱月は即答で言い切った。

「真紘が、最後まで諦めないでいてくれたからだ」

まひろ、と声もなく呟いた千早が血走った眼を見開く。

手にしていたステッキの柄を捻り抜き放ったのは、支柱を鞘とする一振りの刀だ。仕込み杖の刃を大きく振り上げて、千早が禍々しい視線を向けてくる。

「命令を聞けない駒は、今ここで消してあげよう。……さあ、僕に跪け！」

余裕を無くして叫ぶ彼の怒りは、この期に及んでさえ自分の足を竦ませた。

そんな自分の肩を、朱月が庇うように強く抱く。

「あんたに真紘は渡さない」

「何だと？」

大きく息を吸ったのは、逆巻く嵐のような感情を整えるためだったのだろう。朱月は静かに、しかし一語一語に抑えた怒気を滲ませて、千早へと告げる。

「俺の同胞を痛めつけて利用し、命まで奪ったあんたのことは絶対に許せない。同胞が味わった苦しみを、あんたにも味わわせてやりたいって思うくらいにな」

「……ふんっ、脅しかな？　悪いが殺される覚悟くらい、とうに出来ている」

千早の合図を待たずして、隊員達がサーベルを構えて左右から集った。その姿は千早の剣であり盾だ。駒達に守られた千早は宣戦布告するかのように、切っ先をこちらに向ける。

「だけどね、僕は病以外に殺されるわけにはいかないんだ。君がその気なら、駒達が刺し違えてでも僕を守るよ」

隊員達から、朱月への殺気が立ち上るのがわかった。

桂城のために命を賭けている兄と、その兄に拾われ、兄のために生きている討伐隊。

忠誠を誓っていたのは、弟に選ばれた自分だけではない。同じ制服を着た彼らの覚悟はよくわかる。自分がそうであったように、彼らにとって千早は世界の中心であり全てなのだ。

千早が守ろうとしているもの。朱月が守りたかったもの。かつて自分が守ると誓ったもの。

――ならば、自分が今、守りたいものは。

「……兄上。私も、この男を守る覚悟があります」

抱き締められた腕の中から進み出て、今度は自分が朱月を背に庇う。

朱月は少し驚いたようだが、千早と対峙する自分を見て口を挟まないでいてくれた。

「そのバケモノを、守ると？」

千早の眼差しは一層冷たさを増している。最早汚物を見るような目だ。

だが、迷いなく首肯した。強く、きっぱりと。

「夜叉は……朱月は、バケモノなどではありません。そして私はもう、貴方の駒ではない。心をもつ、一つの人格です」

「………………」

「私はこの男に寄り添い、守りたい。たとえ彼が幾千回狂ってしまったとしても、幾万回名を呼んで彼を取り戻す。……貴方ならばこの気持ちが、わかるはずです」

隊員達と朱月が固唾《かたず》を呑んで見守る中、自分は兄から視線を外さない。兄もまた忌々しげな瞳で自分を見つめたままでいる。

やがて、その手が刀を握り直した。一歩踏み出し、ゆっくりとこちらへ近づいてくる。

後ろの朱月が前に出ようとしたのを、手で制する。

兄が足を止めた。

「『人』のような口をきくようになったものだ」

刀を真っ直ぐ伸ばして、切っ先をこちらの喉元に突きつける。

触れていないのに伝わってくる鋼《はがね》の冷気と焼けつくほどの殺気に、しかし身じろぎもせず兄を見据え続けた。

「…………」

耳に痛いほどの沈黙ののち、やがてその刃が横に薙ぎ払われた。

空を斬った、だけだった。

「……甘ったるくて、聞いていられないな」

千早が露骨に顔を顰める。

そして見間違いかと思うほどの刹那《せつな》、彼がその目を切なげに伏せた。——ような、気がした。

「従わない駒など、ただのゴミだ。最早殺す価値も無い。……総員、帰還」

刀を杖に納め、くるりと踵を返した千早に、隊員達がざわめく。しかし彼が歩きだすと、忠実な彼らはすぐにその後を追った。

隊員に扉を開けさせた車の後部座席に、千早が乗り込む。

その扉が閉められる瞬間、真紘は無意識に叫んでいた。

「兄上！」

声は届いているのかいないのか、閉じた扉の向こうで千早は前を向いたまま動かない。

しかし真紘は構わず、兄に——今ですら兄だと思い続けている人に、頭を下げた。

「……お世話に、なりました」

兄の返事が無いまま、車が走りだす。徒歩の隊員達もそれに続き、やがて制服の一群は夜の向こうに消えていった。


「……見逃してくれたって、ことか？」

全てが静寂に帰した後。音を憚るかのようなささやかな声で、後ろに立つ朱月が呟いた。

恐らくは、と頷いた自分にも兄の全てがわかったわけでは無い。手出しをせず引き揚げていった彼の心の内にあったのは、侮蔑か嫌悪か憐れみか、それとも別の何かだったかは、最早確かめる術が無い。

わかるのはただ、彼が桂城を想う一心で、超えてはならない一線を侵してしまったということ——大事な人の同胞が、その犠牲になったという事実だけ。

「追いかけろ、と。私はおまえに言うべきなのかもしれない」

「……かもな」

「けれど私は……兄に復讐しないでくれと言ったら、私を恨《うら》むか？」

兄が去っていった方角を見つめながら——朱月に背を向けたまま立ち尽くす自分の体を、彼が背中から包み込んでくれる。

「おまえにも割り切れないものがあることくらい、わかるさ」

惑いを知っているからこその彼の優しさが、深く心に沁《し》みていく。

腕の中で振り返り、迎えてくれた彼の温かな体を、涙を堪えて抱き締めた。

八

互いの酷い風体に、ひとまず朱月の塒に帰ることで合意した。最早自分に居所を知られて障りは無いからと、案内してくれたのは前とよく似た長屋だった。

家に着くと、灯台《とうだい》に火を灯し、手暗がりの中で朱月の手当てを始めた。

傷口に馬油《バーユ》を塗り包帯を巻く程度の処置しか出来なかったが、朱月はこれで充分だと笑った。そのくせ、狂化のおかげもあるけどな、と翳りを含んだ視線を逸らす。

「そもそも狂化は、夜叉の身体能力を覚醒させる手段でもあるんだ。追いつめられた時の、まあ、火事場の馬鹿力ってやつだな。治癒力も爆発的に上がる。……代わりに、一番大事な自分自身を無くしちまうんだけどさ」

力無く笑った彼にあの底知れぬ恐怖が甦って、膝の上の拳を握り締める。

一体、今まで何人の夜叉が、ああやって自分を失うほど追いつめられてきたのだろう。自分が狩った夜叉も、平穏に暮らし愛する者がいて、未来があったはずだ。

「討伐隊の……兄上の罪は、私の罪でもある」

つい漏れてしまった言葉に、朱月は「そうだな」と首肯した。

改めて肯定されるとさすがに胸が痛む。まともに彼を見られず、つい目を伏せてしまう。

そんな自分の反応を予測していたのか、顎を掴まれ無理矢理上向かされる。

愛しさを隠しもしない優しい笑顔が、目の前にあった。

「そういうの全部わかった上で、俺はおまえに惚れてる。おまえだから俺を呼び戻せたんだ。そうだろ？」

「……………」

「だから、それで良しとしろよ。罪悪感で俺から逃げてくれるなよ。な？」

ニッ、と笑って見せた彼に、鼻の奥がツンと痛む。

こみ上げる熱は哀しみや苦しみのせいではない。兄に出会った時の喜びとも違う。ただ純粋な——これはきっと、心からの愛しさと呼べるもの。

「おいっ、何でそっち向くんだよ」

また眦に滲みそうになったものを見られたくなくて、背を向けたまま瓶や包帯の残りをかき集める。しまってやるんだ有り難く思え、と悪態を吐いたのは言い訳だとバレているだろう。

しょうがねえなあ、と呆れたように言いながら、彼が後ろから抱き締めてきた。

「真紘、こっち見ろって。なーあ」

彼が肩に顎を乗せ、くすくすと忍び笑う。

小さな意地なんて、それですっかり氷解してしまう。

「……朱月」

手にしていた物を置き、彼の手に掌を重ねる。頬を自ら擦り寄せると、少し驚いたような顔がすぐさま破顔する。喜びを溢れさせるさまは幼ささえあって、思わず頬が緩んだ。

「おまえの傍に、いてもいいのか？」

「そう思わなきゃ、連れてこねえよ」

「人間の……討伐隊だった私といることで、おまえの立場が悪くなるかもしれないぞ？」

「そんなのな、討伐隊の元隊長様を味方につけたんだ。馬鹿なこと考える桂城の奴らを、逆に返り討ちに出来るじゃねえか」

「……随分と、期待されていることだ」

「ああ、してるね。……だから真紘、ほら、泣くな」

いつの間にか頬を伝っていた涙を、彼が唇で受け止める。泣いていないと涙声で首を振ると、笑いながら抱き締める力を強くされた。

そのくすぐったさが、痛んでいた胸を温かく満たす。抱擁の安心感と彼の言葉の力強さに、もう怖いものなど無くなる。

「……で、さあ。真紘？」

そう、安堵に満たされたのもつかの間。

妖しく囁いた彼の指先が、急にシャツの上から乳首を引っ掻いた。

「なっ……朱月！」

焦る自分に、後ろから返ってきたのは楽しそうな忍び笑いだ。

さっきまでのおとなしさもどこへやら、前をはだけているにも関わらず、わざとシャツの上から胸の頂を指で苛める。それ自体が生き物かのように蠢《うごめ》く指が、こすって偶に爪を立て、むず痒い快感を呼び起こしていく。

「な、何をするんだ、おいっ！」

「夜叉には、傷を治すのに効果的で気持ちいい方法がある。忘れたか？」

思わず振り向いた顎を掴まれ、待ち構えていた唇を重ねられた。

角度を変えて口を吸われながら、親指でも唇を撫でられる。濡らされる感触にうっすらと開けば、一層深い口づけを与えられた。

「ん、うっ……」

絡め合う唾液を飲み下すと、甘い温かさが胸に満ちてくる。例えようもないほど優しく、穏やかで、まるで親鳥の羽毛に包まれているようだ。

(これは……朱月？)

覚えがある。彼が精気を分け与えてくれた時に感じた、温み。

「ふあっ……」

胸を苛めていた指が前をかき分け、潜り込んだ素肌へと直に刺激を与える。色づいたところを揉まれると、それだけで突起がきゅうっと尖ってしまう。膨らんだそこを指先で弄られながら、唇からは精気を注ぎ込まれる。

「あ、かつ、きぃ……」

甘えるような、濡れた声が漏れる。

唇を離した彼が、鼻先が触れ合うほど近くで「ん？」と首を傾げる。

「私ばかり、が……貰っては……。傷が深いのは、おまえの、ほう……」

「んー……じゃあ、お互いに、な？」

改めて向き合い、正面から再び重ねられた口づけは、不思議なものだった。

彼から与えられる温かさと、彼に奪われる——自分が彼に注ぎ込む温かさが、口づけを通して対流し、混ざり合い、一つの大きな熱になっていく。

（朱月と……融け合っているようだ）

愛撫による快感とはまた違う、体温を分け合う途方もない安心感に涙さえ滲んでいた。息継ぎの間さえ惜しむように、深い口づけを何度も交わす。

やがて真紘の瞳がとろりと蕩けた頃、朱月の唇は顎から首筋へと辿り、弄っていた胸の頂へと触れた。

「あふっ……」

膨らんだそこを、舌がゆっくり舐め上げる。

喉を晒して身悶《みもだ》える快感を、彼の愛撫がますます深めてくる。

「そこ……それ、は……精気に関係、ない……あぁんっ」

「関係あるだろ。おまえをその気にさせるためにさ」

灯り始めた愉悦の火を、舌と指と言葉が巧みに煽る。

胸に顔を埋めたまま見上げてきた視線の、意外なほどの真剣さに心臓が跳ねた。

意地悪く口角を吊り上げる顔、悪戯《いたずら》っぽく流し見る顔。豪快な笑顔に、痛ましいほどに哀しい泣き顔。出会ってから重ねた日々の中で、彼の顔はいくつも見てきたけれど、今自分を真っ直ぐに見つめる顔は、そのどれとも違った。

「惚れた相手が、全部捨てて俺のこと選んでくれたんだ。そいつを今すぐ抱きたいって思うのを、止められるわけがない」

からかいの一切ない言葉は、彼の純粋な真心を伝えて余りある。

真紘は答えられず、困惑に眉根を寄せてしまう。

それを拒絶ととったのか、朱月はバツが悪そうに口籠《くちごも》る。

「あ、いや……別に無理強いしたいわけじゃ、ねえんだけど」

「朱月、私は」

「うん、そうだよな。怪我治してから、ゆっくり」

「私の話を聞けっ」

俯きかけた彼の頬を両手で挟み、すっかり見慣れた弱気な瞳を覗き込む。

彼は尊大だが優しい。そして、優しさゆえに気遣ってくれるのが嬉しい。

けれど今は、優しさよりも欲しいものがある。

「……照れる時間くらい許せ、馬鹿者」

「は？」

「だから、つまり……無理強いではない。むしろおまえならば、無理矢理でも、その」

ぽかんと呆けた朱月と上手く言葉に出来ない自分の、両方に焦れる。言うより行うが易しとばかりに真紘は自らシャツを脱ぎ捨てて、素肌の胸に彼の頭を抱き込んだ。

「……私だって、おまえに抱かれたくて堪らない」

彼の後ろ髪をぎこちなく撫でながら、耳に唇を寄せて囁く。

彼が自分を押し倒したのは、すぐだった。

「ははっ、随分素直じゃねえか。逆におっかないな」

見上げた視界いっぱいに彼の得意そうな笑みがある。

肩から滑り落ちた長い白髪が顔の横の手に触れて、その一房を指に絡めた。

「尻込みするおまえではないだろう。……来い、朱月」

「……そりゃもう、喜んで」

一糸纏わぬ腕と脚とを絡み合わせ、こすりつけ合う胸と腰とに快感が湧いていく。

咬《か》み合うような口づけを、何度交わしたかわからない。脇腹を辿る掌と指先に身を捩りながら、首筋に吸いつく頭を撫でる。豊かな白髪は獣の毛皮のようにふさふさと温かく、ふふ、と淡い声を漏らしてしまう。

「夜叉も、おとなしくしていれば……あっ、犬、みたいだな……んっ」

「おまえこそ、淑《しと》やかにしてれば器量良しの嬢さんだけどな」

迎えるように開いた太腿を、彼が両手で撫でさする。緊張に強張る内腿の感触を、味わうように何度も往復する掌と、上目遣いで唇を舐める彼の視線。羞恥に、顔を背けてしまう。

「いいな、そういう反応。可愛げがあって」

「……減らず口を。……はぁ、あっ」

後ろに回った掌が、尻たぶを丸く撫でた。まだ触れられてもいない後ろの窄まりが、それだけできゅうきゅうと切なく蠢いてしまう。

触れる彼も、媚肉の疼きを察したのだろう。腰の下に膝を入れ、奥の蕾を晒すように持ち上げると、双丘を内側に向かって何度も揉みしだく。確かな弾力のあるそこを蕾に向かって刺激され、真紘は秘部を隠すことすら忘れて、大きく喘いだ。

「ふぁ、あっ、あ……あか、つき、それっ……！」

「んー？　どうしてほしい？」

「うっ、お、おく……奥が、もうっ」

「奥？　ひくひくしてる、ここの奥か？」

「は、あぁぁっ……！」

唐突に親指の先を蕾に沈められた。待ち望んだ刺激に腰が跳ねる。

だが爪の先を軽く埋めるだけで、それ以上は侵入してこない。欲しいところに届いてくれない焦れったさは、何もされないより飢えを生み、真紘は悩ましく頭をうち振る。

「朱月、あかつき、もう……そんな、あんっ」

わざと浅いところで抜き差しされるのが、物足りなくて辛い。

反らした胸の頂を、悪戯みたいに摘まれるのすら快感の足しにしたくて、その手を胸に押しつけもっともっとと喘いで強請る。太くて硬い指先に、小さな粒が押し潰されるのが気持ちいい。もう片方の乳首が寂しくて、自分で弄ってしまうほど。

「もう、欲しいのか？」

余裕のある声が恨めしい。彼だって、股間を熱くしているだろうに。

「いきなりブッ挿すわけにはいかないだろ？　濡らさなきゃ、なあ？」

「じゃ、あ……濡らして。いっぱい……早く……！」

「わかったって」

彼が胸にあった手を伸ばしたのは、先程傷口に塗った脂の瓶だ。蓋《ふた》を外したままだったそれを盛り上がるほど掬い、蕾の中へ押し込めるように塗りつけられる。

「う、ふっ……ああ、んやっ、あぁっ！」

先刻の焦らす指使いが嘘のように、一気に奥まで探られて内壁がびくびくと蠢いた。体温で融けた油は液体となって中を潤し、孔を蜜壺に変えていく。

長い指に食らいつくように収縮する奥が恥ずかしい、でも気持ちいい。媚肉をかき回してこする指が殊更いいところを掠め、そこ、そこっ、と無意識に声を上げたら、差し込まれた二本目と揃えて抉るように突かれた。

「ああ、あ、や、やぁあっ！」

「そんなにか？」

うん、うん、と首を振る間にも探られて、堪らず自ら腰を振り立ててしまう。扱かれてすらいないのに花芯は既に首をもたげ、先端が先走りでぬらりと光る。

触れられればもっとたくさん、挿れられればもっと太くて熱いものをと、際限ない肉欲が、涎を垂らして体を苛んでいく。汗の滲んだ朱色の胸と震える腰をくねらせて、三本目の指を滑り込ませた彼に訴える。

「あか、あかつき……足りない、それだけじゃ……！」

「そうだよな。俺もだ」

見上げる彼の息も上がり始めている。舌なめずりしながら、小刻みに指で中をこする。

「いやらしい顔、しやがって……！」

「あ、あ、だめ……あふっ、んあぁっ！」

散々中をこね回した指が、急に抜き去られる。

代わりに押し当てられた熱いものに、胸がドクンと波打った。

「あ……」

漏れた吐息は、齎されるだろう痛みの予感に慄《おのの》いたのと、隠しようのない期待にだ。一度男を知った体は、初めての時より鼓動を高鳴らせる。

あのすごいもので、また奥を――先刻よりもずっと奥まで犯される。犯してもらえる。

「あか、つき……」

無意識に名を呼ぶと、両脚を肩に担いだ彼が酷く真剣な目を自分に向けた。

「……今度はちゃんと、教えてくれよ」

「な、にを……？」

「おまえん中で、俺がどんな風なのかを、さ」

「……――っ！」

押し入ってきた質量に、声も上げられなかった。

立ったまままされたあの時よりはじっくりと、しかし一息に収めてしまおうという性急さは変わらずに、彼が自分の内側を限界まで拡げていく。

欲しかった以上のものを与えられて、快感と苦痛とで開けっ放しの口から唾液と吐息が溢れ出る。あぁ、と自分のものであるはずのか細い悲鳴が遠くに聞こえ、感じるのはもう、彼に貫かれているという充足感だけだ。

「真紘、なあ……全部、入ったぞ」

中に収めきった彼が、大きく息を吐く。

「どうなんだよ。ほら……言ってみろって」

見下ろす彼の、匂い立つような雄の笑みが涙に滲んだ。

自分を征服している男の興奮した顔が、こんなにも感じるものだなんて。

「あぅっ……」

ゆっくりと腰を前後させる彼の、みっしりと埋め込まれた熱の塊が言葉を促してくる。きゅうきゅうと食い締めた雄の形を脳裏に想い浮かべながら、浮かされたように口を開く。

「あ、つい……熱くて、それから……」

「それから?」

「苦しい、ほど……大きい。喉まで、はぁっ、おまえがいる、みたいで……」

「大きいの好きか?」

からかい交じりにまた腰を揺すられる。先端が奥をこすって、無意識に言葉が迸った。

「あっ! す、好き、すき」

「ははっ。今なら、何訊いても好きって言いそうだな」

「……だから、だ」

「ん？」

「おまえ、ぁっ、だから……朱月だからに、決まって、る」

得意げにニヤリと前歯を見せられて、一瞬、蕩けていた頭が醒めた。

「……だろ？」

「……前言撤回する」

「もー、そんな可愛くないこと言うなよ。ほら、いくぜ？」

「え？　……あ、あぁああっ！」

強引に腰を進められ、彼の熱が容赦なく最奥を穿つ。

灼熱の肉棒で内側をこすられる快感と、愉悦の根源のようなところを先端に掘り当てられた衝撃とで、閉じられない口からあられもない嬌声が迸った。

「ははっ、こんな、乱暴なのも！　いいのかよ！」

「あっあっ、いい、ひあっ、だめ、すき、あぁあ、あああんっ！」

自分が何を口走っているのかわからない。はしたないことを垂れ流しているのかもしれない。

でも、それでいい。涙の向こうに見える彼が、自分だけを見つめてくれるから。

大きく引いてまたぶつける、パンッパンッと乾いた音がするほどの激しさで、彼が責め立ててくる。こんなやり方、痛みしか生まないはずなのに、襲ってくるのは目眩がするほどの快感ばかりだ。

「真紘……っ、ほら、イけよ。俺ので、くっ、イッちまえって……！」

両脚を肩に掛けたまま彼が膝立ちになる。

下半身が持ち上げられ、ほぼ真上から彼が突き刺した。

「ふあ、あぁ、あ――っ……！」

奥を突かれた衝撃だけで花芯が達する。びゅるびゅると白濁を溢れさせながら、限界まで膨張した朱月を熱い媚肉で食い締めた。

「っ……！」

その刺激で彼は下腹部を震わせ、自分の中へと濃くて熱いものをどくどくと注ぎ込む。

（――あ……）

灼き切れるような快感の向こうに、また、人肌のような温かさを感じた。

見れば、自分に伸し掛かる彼は、先程までの激しさが嘘のように優しく微笑んでいた。悪戯好きな少年の顔と、安心感を与えてくれる大人の顔の、どちらにも見える。

「真紘……好きだ」

飾りけのない睦言《むつごと》が素直に心に沁みていく。

「私、もだ……朱月、おまえが、愛しい……」

繋がったまま抱き合って、呼吸も鼓動も重ねるように穏やかな口づけを交わす。そうしながら再び動きだした彼の腰に合わせ、中の雄が徐々に質量を取り戻していくのを感じる。

はぁ
はぁ
あっ
はぁっ
あっ

「なあ、もう一回。……いいだろ?」

「……何度でも構わない」

真紘は拒むどころか恍惚《こうこつ》とした表情を浮かべ、淫猥に甘える男の腰を脚で抱いた。

九

数日後。暁を引き払った朱月と共に、真紘は帝都を離れる汽車の車中に在った。

ごとごとと揺れる窓の外を、煙突の吐き出す蒸気の名残が来た方角へと流れていく。

汽車が向かうのは北西だ。その山奥に、朱月の故郷があるという。

まずは祖父である頭目に一連の事件を報告し、同時に、各地の集落に帝都に近寄らないよう知らせを飛ばすつもりだそうだ。

真紘の見立てでは、帝都以外で夜叉を攫ってくるほど討伐隊に人員はいない。帝都を警戒しさえすれば、兄の計画は頓挫《とんざ》するだろうというのが真紘と朱月の予想だった。

「真紘は帝都を離れるのが初めてなんだっけ？」

二人掛けの席の窓際に自分が座り、通路側の朱月と共に流れる景色を車窓から眺めている。

その速さと髪をはためかせる風の強さに、何もかもが初めての真紘は目を白黒させていたが、それも徐々に慣れてきた。

つまりそれだけ汽車は走り、生まれ育った街を離れたということだ。

「詳しい生まれは覚えていないが、恐らく近郊の貧しい農村だったのだろう。街に捨てれば何とか生きていけると、生みの親は思ったのかもしれない」

「ふうん。まあ、実際そうだったってことだな」

運がいいなおまえ、と明るく笑える朱月に苦笑する。だが、悪い気分ではない。

自分にとっての幸運とは何だったのか。果たして桂城の家は自分にとっての幸福だったのか。その質問には、まだ答える言葉をもてない。やはり兄へ抱く気持ちは複雑なままで、朱月の台詞を借りるならば「割り切れない」ものだ。

素直に伝えた自分に、それでいいのだと朱月は言った。

決着のつかない迷いを無理矢理振り分けてしまっては、失ってしまう脆《もろ》さがある。きっとその脆さこそが優しさなのだと、彼を知ったおかげで自分は悟ることが出来た。

「……そうだな。幸運、だったかもしれない」

ここに――朱月に辿り着くための運命であったのならば、野良犬であったことすら今は受け容れられる。

胸を満たす愛しさをくすぐったく感じながら、朱月の肩に頭を凭せ掛ける。

「今、おまえと一緒にいられる。私は充分に、幸せだ」

「……おまえが素直だと、何かぞっとして鳥肌が……いてぇっ！」

せっかく甘えてやったのに、口の減らない男のせいで台無しだ。

下駄履《げたば》きの素足をブーツの底で思いきり踏みつけてやった。――フンッ！

「そういえば朱月、あの髪はどうしたんだ？」

半ば涙目で足をさすっていた彼に、ふと思い出したことを訊いてみる。

髪？　と首を傾げた彼だが、すぐに思い当たったのだろう。手荷物である頭陀袋《ずだぶくろ》から、四角く折った手拭いを二つ、取り出して見せる。

「開けると風で飛ぶかもしれないから、これで勘弁しろよ」

開かなくても中はわかる。遺髪だ。

伊吹も初瀬も、朱月は殺してしまった同胞の髪を刀で一房切り取っていた。

「体を故郷の墓に持って帰ってやりたかったけど、あの状況じゃそれは無理だったからな。せめて形見を届けられたらと思ってさ」

死者の悼み方は人も夜叉もやはり変わらないらしい。

そうか、と頷いた自分に、彼は少しだけ切ない目を向ける。

「伊吹と初瀬は……俺が手に掛けたって、ちゃんと言うよ。掟とはいえ恨まれるかもしれないけど、それが、若頭目の役目の一つかもしれないしな」

「……いや、それより全て」

「討伐隊のせいにすればいい、って？」

言いかけた言葉をそのまま奪われては、口をつぐむほか無い。

「事実は事実だ。……いいんだよ、俺はそういう風にやるから」

俺なら出来る、といつか聞いた言葉で彼は笑った。それは強がりであったのかもしれない。けれど、嘘であってはいけないと、自分も彼もわかった上での誓いでもあった。

この汽車が行く先は、決して順風満帆な未来ではない。知らなかったとはいえ彼の同胞を殺していた自分と、その同胞に愛されている彼が手に手を取り合ってしまった以上、困難は避けられないだろう。

しかし、それでも互いを選んだのだ。その心だけは裏切れない。何もかもを失って帝都を離れた自分だが、その決意だけは携えてきた。兄の元を離れたのは自分の意志だ。だからこの先も、意志によって未来を決めていけばいい。

改めて胸の内を確認する自分の横で、朱月はまたのんびりと話しだす。

「にしても、じいさん驚くかなあ。いきなり嫁連れて帰ったら」

「嫁？　……よ、嫁になるのか、私は？」

男だぞ？　というか一足飛び過ぎないか？　いやでもそんな風に考えてくれていたのは嬉しい……と、内心慌てるやら照れるやらで忙しい自分を無視して、彼は頭を抱えて唸る。

「あー……何て言おう。顔が好みで体の相性が良かったから決めました、とか言ったら殴られるかあ？」

「……まず私が殴る」

「わっ！　嘘、嘘だって、冗談！　そんな刀があったら抜きそうな顔するな、洒落にならねえんだよおまえはっ！」

「貴様のふざけた言動がいちいち下衆だからだろうが、馬鹿者っ！」

勢い、掴み合いの喧嘩になりかけた言い合いは、周囲からの冷たい視線によってすぐ鎮火された。

まだまだ旅程の先は長い。容易く朱月の悪ふざけに乗せられないよう、気をつけなければ。

心の中でうんうんと頷く自分を見て、彼は何を思い出したのだろうか。

「……桂城は、この先どうなるんだろうな」

「え？」

声を潜めた彼の問いかけに――ともすると、答えを求めない独り言だったかもしれない呟きに、思わず目をしばたたく。

彼の言わんとすることはすぐにわかった。

自分達の目論見通り、悪役に仕立て上げる夜叉を兄達が捕えられなくなったら、夜叉は今度こそ人を襲う存在ではなくなり、討伐隊も意義を無くす。そうすれば、桂城の生業はその名諸共潰えて、やがて――。

「おまえがあんなに尽くしていた家、いつか無くなっちまうのかな？」

恐らく、そうだろう。兄が外道に堕ちてまで花を咲かせようとしていた桂城の木は、そう遠くない未来に根元から腐って崩れ落ちてしまうに違いない。

――だが。

「それよりずっと早く、桂城は断絶するのだと思う」

「どういうことだ？」

今度は朱月が首を傾げる番だった。

「兄上は長いこと病身で、もう、子を生《な》すほどの体力さえ残ってはいないんだ。そもそも妻を娶《めと》ることすら望んではいないようだった。つまり、近いうちに……」

桂城の血を繋いでいくより、最後に桂城としての花を咲かせることに彼は執心した。それが末期の仇花だとわかった上で、それでもなお、兄は抗おうとしたのだろう。

目を伏せてしまった自分を、彼は暫し無言で見つめていた。

ごとごとと線路の上をひた走る汽車の音、乗客の声に、時折汽笛の音が甲高く響く。

「よし！　やっぱりじいさんに言うからな！」

仕切り直すようなわざと大きな声。出し抜けに、朱月が肩を抱いてきた。

何かと訝しめば、不敵さに満ち溢れた笑みを鼻先に近づけられる。

「嫁にする奴連れてきたって、じいさんに言う。さっきみたいに冗談じゃないからな？　おまえに、新しい家族をやるよ」

「家族……？」

「そ。家名とかじゃなくて、家族な。この先ずっと頼んだぜ、真紘」

頬にぎりぎり触れないところで、彼が唇を小さく鳴らした。気障《きざ》ったらしいやり方に、食ってかかられると思ったのだろう。悪戯が成功した子供のような楽しげな瞳でこちらを窺っていた彼だが、一向に反応の無い自分に拍子抜けしたようだ。

自分はポカンと呆けてしまって、何も言えないでいた。それは口づけの真似をされたからではなく、彼の何げない言葉から溢れた光に、呑み込まれていたからだ。


――家族。

――この先、ずっと。


野良犬が拾われて人になり、心を知った。

その心で選んだ男は、あの日見た太陽よりも眩い、紅い光を瞳にもっていた。

光は胸に灯り、命を燃やす道標となる。


「……私は、おまえと生きていくのか」

やっと出てきた返事に、今更何言ってるんだ、と彼は苦笑する。

だが自分にとっては、こみ上げてくる大きな歓喜で、喉が塞がるほどだった。

「朱月、私はおまえが守る」

「え？　あ、ああ。そうだな、おまえ強いもんなあ」

「だから私のことは、おまえに任せる。……生涯な」

「真紘……」

狭い座席で、それでももっと近くにと身を寄せて、膝の上にあった彼の手に掌を重ねる。

これだけで、全て伝わってくれたのだとわかった。だって視線を合わせてくれた彼の瞳が、とても優しかったから。

「俺なら……じゃなくて、俺達なら何だって出来る。そうだよな？」

「ああ、もちろんだ」

彼が差し出した拳に、満面の笑みで拳を当てる。

今見ていた景色が、どんどん過去へ流れていく。そして次々と、見たことも無い新たな光景が自分と彼を迎えてくれる。

誓いを交わす二人を乗せた汽車は、晴れた初夏の野原をひた走っていった。

了

あとがき

こんにちは、もしくはお初にお目にかかります。辻内弥里です。この度は『あやかし艶譚』をお手に取っていただき、誠にありがとうございます。

キャラクター達を素晴らしいイラストに起こしてくださったminato.Bob先生。時代ものという面倒くさいジャンルな上に、色々と独自の設定を詰め込んだ話なので、ご苦労が多かったかと存じます……すいません、ですが本当にありがとうございます！

また、今回も数えきれないほどご迷惑をお掛けしました担当様。私の細か過ぎる相談に真摯に対応してくださって、ありがとうございました。誰よりも感謝しています。書ききることが出来たのは、担当さんが待ってくれていたからです。

そして最後になりましたが、拙作を読んでくださった皆様。拙いばかりのお話ではありますが、面白く読んでいただけるよう、全力を尽くしました。少しでも楽しんでいただけていたら幸いです。もしご感想などございましたら、是非、是非！　編集部までお寄せください。お待ちしています。

それでは、この本に関わってくださった全ての方に感謝をこめて。

辻内弥里

人外×人間
にロマン感じます。
minato.Bob

初出一覧

あやかし艶譚…………………………………………… 書き下ろし
あとがき ………………………………………………… 書き下ろし

ダリア文庫をお買い上げいただきましてありがとうございます。
この本を読んでのご意見・ご感想・ファンレターをお待ちしております。

〒170-0013 東京都豊島区東池袋3-22-17　東池袋セントラルプレイス5F
(株)フロンティアワークス　ダリア編集部
感想係、または「辻内弥里先生」「minato.Bob先生」係

あやかし艶譚

2017年5月20日　第一刷発行

著　者
辻内弥里
©MISATO TSUJIUCHI 2017

発行者
辻 政英

発行所
株式会社フロンティアワークス
〒170-0013 東京都豊島区東池袋3-22-17
東池袋セントラルプレイス5F
営業　TEL 03-5957-1030
編集　TEL 03-5957-1044
http://www.fwinc.jp/daria/

印刷所
中央精版印刷株式会社